白鲸文丛

"白鲸文丛"编辑委员会

西　渡　敬文东

张桃洲　吴情水

总策划：吴情水

永恒之物的
小与轻

The Tininess and Lightness

of

Eternity

池凌云 ——— 著

上海教育出版社

目录

1 献诗

3 **第一辑 海边的风车**

5 种一颗扁豆

6 那棵树……

7 在梅家坞

8 柔软的轴

9 在印度大地上

10 海边的风车

12 从大海归来

14 我喝过塘河的水

16 泽雅山上的蛙鸣

18 砗磲贝雕

19 贝壳博物馆

21 井

22 深夜,想起某地即将开放的蝴蝶馆……

24 落入凡间

25 白鹭

27	车过老鹰岛
29	大渔湾
30	在渔寮
31	福德湾,一段荒废的铁轨陷入泥土
33	孤屿
35	你日食
37	远山
38	红树林
39	过玻璃桥
41	伶仃洋
42	因为渺小而啜泣
43	水上运动
45	春羽
47	在香炉湾
49	过三都澳灯塔
50	某个清晨的蓝雾
51	与母亲插秧
54	丁酉年夏,过池上楼
56	霍童线狮
57	蓝色边缘
59	贝壳剧院
61	那樟树和橡树
62	四月的苦竹寨
64	诗人周秀眉

66	中秋,在足荣村

67　第二辑　寻找一间打铁铺

69	交互的面容
70	地衣
71	地衣中,每一棵树的沉默与屈身
72	落日的合唱在地衣上滚过
73	蝴蝶
74	寻找一间打铁铺
76	跃动的火焰
77	山中书简
78	情侣峰
79	在崇明岛看鱼化石
81	某个地方
82	听百年前三峡纤夫号子录音
84	我们被锁在各自的孤寂里
86	白茫茫的雾里
87	迷途
89	你在我身边,就像沉静的峡谷
90	在深夜磨牙的女孩
92	看一个人制作陶艺
94	清晨的马樱丹献出露珠
95	空中飘满了美妙乐音
96	我几乎原谅了这世界所有的不堪

98	神秘的集市
99	登天子山
101	云一样的石头
103	从一条岔路,我们驾车闯入山谷
107	某一年的手书
109	他赤裸孤单的身体……
110	我的嘴唇尝过雪的滋味
112	在其上,在其下
114	三个蚕茧
116	我总想对它们施一点魔法
117	黑房间
119	空空的爱人
121	赶灵魂
123	他们在下棋
125	鹊华秋色图

127	**第三辑 给大雁唱一首歌**
129	早晨,空中的金箔之歌
131	在一朵火烧云中
132	蕨,仍在崖壁攀爬……
133	在云气沙滩独坐
134	新浇的柏油路上……
136	大雪中独自驾车回家
138	海边小屋

140	夜船
142	或许不是麻雀,而是别的什么
143	这充盈而细微的抽噎
145	废弃的灯塔
147	敲一敲木头
149	它眼睛后面的幽暗与温柔
151	有时,我们带着石头旅行
153	月亮里有一棵桂树
154	在东川二桥
156	蒲州河上
158	对一个荒村的拜访
160	未来的钟声也由碎片组成
161	乌鸦的时刻
162	无面者
164	今天你要写什么诗
165	剩余
167	给大雁唱一支歌
168	菊问
169	从一个个现场……
170	那一只单翅鸟
172	另一个
173	标本鸟
175	祈祷
177	夜晚的首尔小巷

179　我们在黄河边席地而坐
181　我们曾以海为题
183　以西塞娜之名
186　夜饮
189　夜归
190　1986年夏天的某个夜晚

195　第四辑　在广袤而无言的穹隆下

197　草原上的格桑花
198　刚察草原上空的鹰
199　我隔壁的白牡丹睡着了
200　草原上，九位缪斯女神
201　十万亩青稞在风中舞蹈
203　要么是沙棘果，要么是沙枣
204　绿海上的多罗姆女神
206　马与骑手
208　一个人的柯柯站
210　在金银滩
211　半个月亮
212　锅庄舞
214　在塔尔寺
215　在哈尔盖遇见羚羊
217　兀鹰是另一种天使
219　西疆一角

221 从音乐纪念馆出来
223 祁连山脉上的众神
225 最后的银峰

233 附录:诚实是唯一的武器——对话池凌云

253 后记

献诗

有无数个清晨,我醒来
就听到鸟鸣。它们越过
树枝与叶子的声音,
像在诉说细碎的微光,从稀薄的
银色,变成淡淡的金色。

没有一种声音,像鸟鸣一样慷慨
回应我们,滑向最深的耳廓。
我静静听着,心变得柔软,
远去的小径,田野与灯光,
从暗夜中跋涉而来。

仿佛一切可以重新开始:
向日葵的茎秆,浸着黎明的颜色。
起皱的岛屿,停歇在波浪之上。
路途上的彩色石块与荆棘,
抹去曾有的耻辱与伤痛。

那么多年,我不仅仅在承受,
也看到沉静的山峰,在河流之间隆起。
一棵棵树,擦亮四季。那全新的光
照拂永恒之物的小与轻,
我踌躇于该庆幸还是该哀伤——
那冷寂的高空,至少还藏着星群。

2020 年 8 月 20 日

第一辑

海边的风车

种一颗扁豆

我在一堆扁豆中选拣
足够老的那种,它们更加坚硬
可以做种子。我喜欢
口袋里揣着一堆扁豆的感觉。
我不再是一个两手空空的人,
双脚不再无目的地漫游。
我要去找一个菜园,挖一个坑
一个不用太深、太大的坑,
放进扁豆,培上松软的土,
这样我就可以在静默的时间中
无悔地等待那一记钟声。

2019年7月2日

那棵树……

那棵立在光秃秃旷野中的树
属于那个饥饿的人。

那棵矮小的少有人发现的树
属于没有未来的人。

那棵立在道路边向我显现
却从不参与谈论的树,习惯于
做一个人智慧的顶点,
只属于漫长旅程中的飞鸟
和寂寥轻盈的空。

2018 年 8 月 6 日

在梅家坞

清晨,我来到树木和草丛中间,
长脚蚊子和不知名的小飞虫跳起舞蹈。
看不见的翅膀让它们升起,
在一张新鲜的枇杷叶上漫步
一副主人的派头。我与它们
谁才是真正的公民?
它们不停地轻声嘀咕
议论我暗淡的眼睛。
为了相处融洽,我找了一块石头坐下,
收敛所有气息,任缓慢的青苔
从脚下飘过。一刻钟后,
我朝一只破旧的瓦罐俯下身,
倾听里边流水的声音,
稍远处,山峦正无边无际延展。

2009 年 5 月 2 日

柔软的轴

一只海鸟飞落在崖壁上。
一个小黑点
在光秃秃的崖壁,留下印痕。

在那立锥之地
它停留了将近一刻钟,
像只力大无比的巨鸟
沉稳地立在半屏山的崖壁,
一动不动。

像暗夜里的一颗星,隔多远
我都能感受得到:
四周的海浪和风
在一个柔软的轴上转,
一些遥远的声音
在它耳边低语。

2016 年 9 月 9 日

在印度大地上

赛格王树和以丽安树站在一起,
看见有人跌倒,却以无言来约束自己。

牛拉着装满甘蔗的木板车,
赶车人没有扬鞭,来自大地的甜就要回家。

步行的人们时常停下来歇息,
陪伴心中的神,或等待下一缕阳光。

几个孩子荡着树枝做的秋千,
有时离天空近一点,有时离大地近一点。

          2005 年 12 月 20 日

海边的风车

每一天,我都会看到这海边的风车。
我震惊于它永不沉睡的灵魂,
它灰色的叶片无休无止
压向大海和天空,
把远方的碎屑卷成环状。

我无法对它说出我的孤独,
渐渐麻木的伤痛
无法入睡的漫漫长夜。
它也从不提及凌空一吻的晕眩
那下滑的苦涩和死寂。

以巨大的空旷陪伴我们:
昏厥与唤醒,落空与耐心。
昼夜交替的波浪推着不再讲述的
面孔,在缓缓行进。

我看着它奉献出的

最后都被吹进大海,它卓越的
善心,让我一次次赞叹。
它的木质叶片,终于等来
喷吐的火焰——那致命的晚霞
再次连缀起岛屿与陆地。

        2015年10月20日

从大海归来

从大海归来,
我们并没能
成为海的歌者。

而当初,我们驶向它
学着理解它,
在欢呼中将帆升起。

只用了一天时间,
回忆就增加了新的内容。
但我们已不想
回到更年轻的时候,
不再用金属的声音说:
这个冬天……

我们说得那么少。
顺着那个声音,
我能看到

沙滩上的字,热情的海风
搅动细细的波浪。

而此刻,它们蜷曲着
在逝去的辉煌中
一跃而过。

         2018年1月15日

我喝过塘河的水

我喝过塘河的水
那是我的愿望永不枯竭的时光。

我尝过饥饿,发现
不是我一个人对着空碗。我爱,而不是恨
最坏的时刻,我也不想背离。

我喝过塘河的水
在河边拔过叫不上名字的水草,
它们溢出的气味像一声声呼喊。
它们就那么完了。但是母亲
喜欢这些肥美的饲料。它们温柔的伤口……

我一直打听它们的名字
当我不可能像小时候那样走向它们
矮珍珠和小对叶——它们就出现。

像我梳着辫子的姐妹我们一起喝塘河的水。

我记忆中所有的白鹭
都来自这里。

      2017年6月6日

泽雅山上的蛙鸣

它们叫得如此响亮,
把平声叫成起伏的第三声,
声音在山上此起彼伏
仿佛一种严厉的预示。

我停下脚步倾听,
辨别不同的嗓音和位置,
我数清了,它们一共有七只
总是轮流叫唤,有序而急迫。

它们在暗夜里寻觅和呼应,
它们轮流叫着
不会过早,也不会太迟
像七个兄弟。那带点凌厉的声音
好像在给我预示:
已经到了严重的时刻!

但我听不懂它们在说什么,

它们遭受了什么。
是什么正在降临，
会有什么要降临。

        2016年7月19日

砗磲贝雕

大海一定也为之心驰神迷:
曾是双壳的软体动物,贝中之王,
现在毫无欲望地展开。

刀凿过的白色创口,有一种轰鸣的呜咽。
从我们记忆深处攫取,无须潜望镜
也能看见。被雪擦亮。
最深处的水珠,也被打开。

刀凿过的白,骤然闪现的寒光
映出宁寂的通道。浪花中的骨头
滑翔着出走。

2021 年 3 月 5 日

贝壳博物馆

他们以海螺壳做灯,模仿夏夜的星
照着一件件海的遗留物。
这样的高空,一些坠落
在发生,珊瑚变得更加干燥,
形状各异的贝壳,从大海
退守到玻璃罩内,弧形的齿痕
闭合,像早已安于当下。

有人匆匆而来,又匆匆离去,
似乎已从中习得一课。一种辨认
已完成:软体动物
都拥有不同的外壳,不同的壳口
与水管沟,如果生命还新鲜,
就有韧带连接着碎片——这圆盘形和扇形,
船形和不规则形。

这曾经疼痛的褶襞,外唇
和凸齿,一些钙化物
曾让我们萌生开花的欲望,

让我们甘愿沉湎,在低处
模仿一只抹香鲸的呼吸,
在陆地上,接纳海的吟唱。我们渴饮,
一条溪流空荡荡的战栗,一路向前。

而贝壳在水下扇动,我不知道
需要多久,它们的外壳才能
分泌出鳞片和瘤,以及
坚硬的棘状突起物。来自海的记忆
触摸我们,又脱离我们。
现在它们已进入沉睡,被安置在
玻璃柜内,等待某一次的回忆和检索。

一个全新的栖息地,远离波浪与礁石,
向内的姿态,层层相叠,
除了它们,没有人能真正说出
海水的滋味,和斑斓的色彩。
而绚丽即是出逃,当我再次来到贝壳博物馆,
一只夜光贝开始喷吐热沙,
一只鹦鹉螺发出呼啸声,空气中
咸涩的气味,在弥漫。

2021 年 1 月 4 日

井

在一个古老的巷子里,
一口灌满了风的井
告诉我它的所见所闻。

一枚收集灵魂碎片的透镜。
教人向深渊凝视,
却祈求一把无限延伸的梯子。

         2019 年 9 月 3 日

深夜,想起某地即将开放的蝴蝶馆……

香花藤筑成新的芳香小径,
星星和泡沫喧闹不休,在今夜
树也在编织细密的篱笆——
为了一万只蝴蝶同时起飞。

瞬间的奉献,更像一场幻觉:
它们出神入化的翅膀,
曾是失踪者的羽衣,
柔软得不可触碰的躯体,
测试着我们荒寂的内心。

想到明天的阳光将缓缓推送
热沙,一条羽翼织成的彩色的河流
将涌向高空,垂首的芦苇
将把枝干弯得更低,
一块闪闪发光的矿石就落下。

太美了,太神奇了,

而在蝴蝶馆一角,会不会有一个人
静静坐下来哭泣?
会不会有一个人,穿着彩衣
像桅杆一样静默,让密闭的空间
稍稍倾斜——

2015年11月13日

落入凡间

他们在半空中,将混凝土砂浆
填进裂缝,给旧墙壁刷新。
为了贴近垂直的高楼,把身体
弯成一把柔软的弓。

这是盛夏,他们温柔的姿势
随着绳子游荡,阳光织造的绉纱
缓缓牵引他们的腰际,
从我的窗口经过。

就像隐身在人群中的神,
没有过多的伪装,
来自贵州的冯航、康云晴
脸上闪现细碎的汗珠
就这样落入凡间。

2020 年 8 月 16 日

白鹭

一条路在空中展开,在梦
与洁白的帆之间,迎接我们。
这朦胧世界的僻静通道,
漫无尽头的灰色,
因一次次飞扑
让积雪和山峰重现。

在我们中间寻找熟悉的面容,
在过早关闭的眼睑中飞行:
那么多变得晦暗的孤儿们……

在低处降落。
就像经过一阵仓促的风,
芦苇迅速变得柔软,一团火
在无限的波线中穿越。

仿佛有一道光嵌入肩膀,
我们不问这孤寂的灵魂来自何处,

偶尔在冷漠的夜里等着那扑翅一闪
护送她直到点点银光消失。

        2017 年 11 月 10 日

车过老鹰岛

透过波光闪烁的海面,
我看到蔚蓝的荒原之心
和弯道上几棵模糊的小树。
我遥远地默想它们,记下
我遭遇过的轮廓线。

它们的喧闹,呜咽与预言。
如果所有的路都是命运的安排,
这些就是意外的相遇,我扭头再看
岛屿转眼变得遥远,
从海面伸出的插杆
已形成不同的图案。

我渴望读到明晰的启示,
但我不再是一个负有使命的人。
在内心的焚烧中,我抬头
只看到海平面无声展开,

像一张张方格花笺

却被禁止再写下什么。

           2018年1月15日

大渔湾

风在消退礁石,而一个声音
进入波浪。

海鸥也缓缓
进入下一个弯道。

你的脸颠簸,颠簸。
一些深绿色的叶子
被运走,它们曾在海水里
挺立,绽放。

2018 年 1 月 15 日

在渔寮

霞光进入你们的衣裙,
你们进入蓝色的海平线。
因为美,大地露出一面巨大的镜子。

你们在镜子上游走起舞,
摇动的玫瑰色头发
像流动的雾,或卷起的云。

我远远看着这被施了魔法的海滩,
仿佛小时候保存的一张张彩色糖纸。
一些事情被留在永恒的时光中。

我只是看着,无须告诉谁。
我只是深信,所有温暖的陪伴
所有光的降临,都有其使命。

2018 年 11 月 3 日

福德湾,一段荒废的铁轨陷入泥土

山坡上,石块铺就的小路
狭窄而静谧,一段荒废的铁轨
陷入泥土,像在为道路塑形。

一段无处可去的铁轨,
一道柔和的光,弯曲着
为一辆远去的满载白色结晶的
小车斗倾尽力气。

不可思议的遗忘。半途而废的
舞步。当我们贴近观看,
就像一根钓线被抛出,
一股矿物质的酸涩气息
环绕我们如若隐若现的浮标。

我无法游荡着穿过一段被埋藏的短语,
它背负的东西出现在我们之间:
渐渐变冷的半圆的记忆,

被锁住的铁之迷失与返回——
没有人能读懂它。

2018 年 1 月 10 日

孤屿

天空与江水之间,一座建筑
由古老的岩石和阳光合成。
野鹿和鸥鸟的乐园,
在落日时分,光芒堆砌出
全新的圣殿,那醒目的明黄色外墙
引潮水朝高处涌动。

这就是我家乡的孤屿,以江水
与陆地相连,我一次次来
沉浸于尽力垂向水面的树枝,
古井深处的雪。我甚至相信,
那樟树与榕树,真的是因为爱
而将树根紧紧缠绕。

一个小小的孤屿,对于我
已足够浩大。那矗立在山脊的
东塔和西塔,任何时候
都一言不发,那么坚实

紧扣大地的脉搏,落寞或辉煌
都有自己青翠的呼吸。我想听到
来自另一个空间的回响,
而当我抬头,唯有二三只鹰隼
像骰子,落在寂静的塔顶。

2017年6月1日

你日食

残缺已成为事实
你在天空变暗之前断了念头
空空的外套假装包裹你
你假装出演忧郁和慈悲。

一切有了新的面貌:
一本缺页的书摇动细长的文字
已经折断的银柳爬出装它的瓷瓶
善变的人拍响苦痛的胸腔。

你满足了那朵漆黑的花
喂它所有光,让它胜利。
我不识这平常的日子
漆黑的眼睛接纳不断下沉的火花。

你的黑灰不再炫耀火
而灼烧和死寂都是我们的天赋。
我只想走向那未知的疆域

扒开每一粒黑色的种子

看它怎么在每一个白昼活下去。

           2009年7月30日

远山

我看不见的远山,每天
都在试着抵达灰蒙蒙的天际。
那里有一个全新的
和迅速就被毁掉的世界。

鹰扑向云朵
像献给逝者的诗行。
没有领受者
说出他们的沉寂期。
松枝沉重,一颗星能做的
就是从眼底升起。

而在天幕交汇处
风化的石头像帆影
在风中移动。

       2016年4月1日

红树林

在滩涂中生长的红树林,
带有毒性的海芒果吊在枝杈上,
像一个个只有吹孔
却没有音孔的埙。

这让风声转调的乐器
呜呜地向天空吹奏,
让树林深处的精灵们
晶莹剔透的身体变得炽热。

被海水周期性淹没的红树林
风的声音厚重而低沉,
而白头的苦恶鸟的歌声
都有拖得长长的
让人久久无法忘记的尾音。

2017 年 1 月 2 日

过玻璃桥

在玻璃桥上,静止不动的人
造成一个个小弧形,
他们的声音像被某一个器具关闭。
现在,大家都得到了安宁:
透明的地图,透明的荚壳与藤蔓,
透明的遥远海峡的一角,
被一片不知名的叶子压弯。
不再沸腾的尘土与沙粒。
两侧悬崖若隐若现的洞穴
吹起黄褐色的草丛。有人挥着双手,
像蜜蜂鼓动翅膀,却没有飞走。
经过我的绿袖子女孩,
发出尖厉的叫声,向踩着
深渊而来的同伴致意。
这虚无缥缈的一对半露出额头,
终于游进白茫茫的雾气。
胆小的人只在清晰可辨的峡谷
与树木的顶端漫步。我的双脚

早已被黑色橡胶包裹。
所有行走都无法触摸泥土。
大地,大地。高空的光线
已竖起镜子,从上面滚落的水珠
洒向最低的苔藓,而在过去
我一直不知是谁在浇灌它们。

         2018 年 5 月 30 日

伶仃洋

海面上,风的飘絮
正缓缓散去,像是我们怀中
日渐空洞的热情
想寻找一个实体来道别。

我们在未完成的跨海大桥上散步,
装作若无其事的样子
淌着闯入者的汗水。

一株出海的散尾葵,
一个孤单的吻,带着
界标和铁索
在海面上哗哗作响。

2016 年 12 月 30 日

因为渺小而啜泣

这些年几乎没做什么,
没有朋友,对陌生人
也没什么可说的。
屋前被砍伐过的林子
只剩下不多的几棵,
摇动一下发暗的树枝
只需几个眼神就够了。

没有倾听的人。
每个人都在忙着捡树叶,
吸收里边的光和养分。
他们弯下腰是为了让自己
看上去更像一个遥远的人,
拥有自由的生活,美丽的旅程。
只有我知道,只需一块普通的石头
就能让他们安静下来,
只需一阵小小的风,就能运走他们。

2018年1月20日

水上运动

在跨海大桥一侧,有人
站在波浪上,迈开双腿,
时而向左,时而向右,道路
全因某个意念延展。
从没有这样畅通无阻,
翻个水花飞溅的跟斗,
凌空跃起,甚至高于海面十米。
多么富有创造性,波浪
从脚底聚拢,一种气体喷发而出,
在绷紧的水面起飞,脚下的空白
诱惑远处的樯帆与行人。
我看到了只在梦境中出现的
没有土地的行走。无物可依之时
也无物可以拆散。这早已超越了快乐。
驱动手中的按钮,察看命运的热浪
制造新的岩浆。从他手掌
涌起的,让他更锐利地滑过海湾,
潜入海水,一会儿,又像海豚一样

暗藏镰刀形的背鳍,跃出水面:
一支黑黝黝飞快转动的纺锤,
把网线洒向波浪。他知道
他飞行时我们得到了艰涩的
静止。他的两个玩伴
坐快艇一路跟随,偶尔吆喝一声
交流滑水的快感。而他
向他们要求来自闪电的瞳孔:
再来点音乐,再凌空
滑出一条弧线,不要停。

2019 年 7 月 17 日

春羽
——给夏真

你再一次梦见我,梦里
我在海边走,海浪翻涌
渔船随之起伏,我们相视而笑。
而现实中我的安身之所却愈加狭小。
我还能去哪儿?你试着用镜头
留下我,用前面的春羽对焦,
用光与蜜修复我受损的面容。
春羽清晰时,我渐渐变得模糊。
我们在你的梦中停歇。

作为梦境与日常生活的交界地,
一片海,几艘船,还有波浪,
这是最好的酬报。我感知
一些漂远的词,重返内陆的入口。
一个可爱的世界,隐形的
小舢板在海面震颤。我们的衣服

被海风吹着——短暂的扩张,

和世界的安谧。

                            2019年6月5日

在香炉湾

在香炉湾,数百艘帆船驭着浪头,
它们像一个个解放者,
拓宽着观望者的视线。

从波浪到喷泉,从遥远的
永不枯竭的涌起中,
露出白海豚闪亮的腹部;

出自浅蓝色十月的小白马,
如果此时下起大雨
也不会停下来。它们正通过
一个两面都是暗流的梦。

在一个澄澈天空的匣子里,
在天空与大海之间,
一些东西不会死去。它们住在
波浪和金黄的书页中;
在一片片鼓起的三角帆里,

以海角里跃出的风,教导我们
降低浑身摆动的小彩旗。
即使最严重的时刻,也要学会
安静地降落。

2016 年 12 月 28 日

过三都澳灯塔

我们坐船去古老的教堂,经过马樱丹
与三都澳灯塔。船上的人
倚靠船舷拍照,那位留络腮胡子的男士
坐在前面,依然对我不理不睬,
因为早一天用餐时,我拿不稳餐盘
菜汤溅上他的衣服。我无奈
再也找不到从容用餐的方式。
我们在大海上,船舱的门
通向波浪,谁都无处可去。
对着一片发黄的海域,我无意
探询一座灯塔的孤独与平静。
我在内心揣度另一段悲伤的旅程,
脚抬起,却无法踩到某一块踏脚石。
我不再感到饥饿。四周的激流
与暗涌,如奔马扬起鬃毛。
而再过几个时辰,夜晚就要来临,
群星将在塔尖升起。一个吞食着塔尖的
穹顶,将在高处打量我们。

2019 年 5 月 22 日

某个清晨的蓝雾
——致西渡、高兴、戴潍娜

从雷州茂德公古城出发,
一路都是蓝雾。巨大的静穆中
我们一言不发,作为旷野上
运动的树,伸展枝杈。

一些蓝雾漫上我们头顶,
又冷又暖,覆盖未醒的梦。
当蓝雾触及青苔,道路和树木
变成绿色的碎浪。
我们垂下的双手,悬挂悲伤的水晶。

2017 年 8 月 10 日

与母亲插秧

每年的水稻播种期,你都会在地里
深深弯下身躯,半天不起来。
十三岁,我就跟着你插秧,
忙完自家的农活,再去邻村当插秧客。
你要我弯腰,双手小心分株
让根茎轻轻进入泥土。
你教我握秧苗的手势,让我知道
插入泥层时,手指要轻轻护住根须。

我们倒退着插秧,顺手抚平
双脚踩出的泥坑,再插下秧苗,
偶尔抬起头,是要看看前方的绿线
适时校正后退的方向,
让秧苗保持整齐,
便于日后耘田和收割。

我的双腿在软糯的泥浆中,只半天工夫
粉白色的指甲就被肥料染出淡淡的焦黄。

当我累了,腰酸得直不起来
我感到是你在我的身体里推动。
我的身体弯曲着,没法唱歌
就对着水田呵气,从那时开始
我就喜欢无字的歌。

我不知一直在我心里唱歌的人是谁。
我在山峦间,在河流边
寻觅各种各样的声音,仔细辨认
鸟儿和落叶,起飞和飘零,
母亲,或许你才是韵律大师。
田塍是天空布下的音阶,
你是安静的歌者。用双手做梦,
用流水的语词歌唱。

但我从没听过你的歌声,
我只听过你干活时的喘息声,
你负重时的叹息,像压弯的树篱
一会儿就弹回去。像一阵风
掠过树林时使了把劲。
但是你热爱插秧,
"粮食是最好的东西"

你清楚记得每一个播种期,
一到春天,你就说,"快要育秧苗了"
直到我提醒你:田塍已被浇上水泥
蓝浆果也早已被摘光。

          2016 年 5 月 7 日

丁酉年夏,过池上楼

南方的雨季刚过,
池上楼青瓦上的雨水也已干透,
砖缝里的青苔混淆了一个年代的
激情和冷漠,招徕过路的鸟儿,
那口著名的池塘隐藏在楼群中,
散发淡淡的渴望,但少有人凑近细看。

我不记得这是第几次登池上楼,
曾有的几次都是陪伴远道而来的友人。
我们置身于飞檐之下,感受
从四面八方涌来的荒寂,
然后匆匆下楼,到院子里
看"池塘生春草,园柳变鸣禽"。

想象一千五百多年前,
蓄了长长美髯的康乐公
带着心爱的曲柄笠与谢公屐,
伐木开路,登峰顶,寻溪涧,

写下千锤百炼的诗篇,
最终唯山水作伴,少有知音。
有人说他"终身一我",
这其中的悲伤,不知诗歌能否拯救。

与其委曲求全,不如择一处绝壁
交谈。回想一个无法保全生命的
诗人的命运,头发不免黏湿。
但毕竟太久远了,
他临终写下"斯痛久已忍"的图景,
我迟迟未能在脑海里补上,
还羡慕大自然给予他的补偿。

或许,落寞并不总是坏事,
适当的贬抑和受挫,
能换来另一种绽放。留给我们
浑浑噩噩的绚丽。
噢,那是多美的词语,在空气中
独自航行,我不得不构想
有一种所有色彩都得到平等喜爱的山水,
存在于自然之中。

2017年5月22日

霍童线狮

对我们眨眼,摆尾,腾跃。
煽动一团火。狂热的红色流苏
通过一根线咆哮。

对我们张开涂漆的白牙。额上大写的王
早已征服了围观者。多少昔日的弓箭手
替换着起舞,为它走街,圆场,
扭绳,竭尽力气。

永远在追逐,隐秘的绳索纵横交错。
在前方,在空中,忽远
忽近。永难停留的是那——
要命的绣球。

2019 年 5 月 24 日

蓝色边缘

一个少女在海边弯腰,
她的侧影在月牙形的海边
像一朵大百合,缓缓
弯下叶瓣。

她弯腰,转向无人的一侧
不是要察看波浪进入沙滩时的
痉挛与跃动,
而是对着湛蓝色的大海呕吐。

在蓝色的海湾,她一次次
将手指伸进喉咙
像在寻找一片片远去的帆影,
也像一个弯曲的探询。

她或许刚刚经历过一个
百合花开放的夜晚,

要在潮水涌来时,卸下重负。
而她没有选择在僻静的角落
做这件事。

大海的一天才刚刚开始,
我刚刚见过那条
从沙中伸出的真实的缆绳,
又被那即将隐形的人吸引——
我悄悄走近,倾听海的喧响,
又顺着那条绳索折回。

2016 年 10 月 24 日

贝壳剧院

大海的歌唱在广场上持续,
它闪闪发光的歌喉
从大理石上升起,
铸成一个银色的巢,

召集着不再歌唱的人。
一张嘴朝高空张开,
鲜花和大海混合的气味
在它的话语里。

一道擎在高空的光。
一颗行星拖着来自深海的问候。
清冷的真实之梦。生命之盐
的拼图。可亲的音符。

弧形的眺望与凝滞;
弧形的入侵的盔甲;
弧形的心,要求一艘飞艇

在头顶驰过。

它的一切浩渺而神秘。
它闪耀的双唇,传送
弧形的自由。弧形的石质花朵。
弧形的雪松和波涛。

2017 年 1 月 2 日

那樟树和橡树

正是四月最好的时光,
叶片在风中发出声响。
一种难得的寂静,冲击着
伸入高空的树冠。我们也登高
激烈的心跳促使我大口呼吸,
对于未来,似乎依然有雄心,
脚下的泥土,怎么看都不像困境,
可在接近下山时
我看到那忧伤的纵裂,
那樟树和橡树,还有桦树和鹅掌楸
被一片浓重的阴影笼罩:
它们之中的一棵——躯干折断了
就在那遥远的山崖边
兀自伫立,我不知剩下的日子
它将如何愈合。而它在那儿
是那么不同。什么样的硬汉,
狂野的内心,住着一颗
什么样的星辰。

2018年5月1日

四月的苦竹寨

四月的苦竹寨,会有些什么?
它即将来到我的记忆深处,
让我举步,回到此刻
看着一群人
穿过乌黑的门廊
如一只只投向大地的鹰。

这是一个干渴的下午:
苍青色的小屋在低语,
屋顶的莲花开得深沉,
两张弧形的瓦片合成的花瓣下
几只鸡在玩耍。

我在上坡的小路上独行。
我迷路了,当我回到
老树制成的门廊下,
一个老人背对着我,

她要我看一看僵直的背,
看一看那看不见的某种碎片。

        2018 年 5 月 21 日

诗人周秀眉①

诗人周秀眉,在花间扑蝶,
二百三十年前的团扇
在她的手指间滑动,
清凉,而不凝结。

让她充满渴望的花荫,
如今已退守到一堵矮墙与砂砾。
一缕细沙起舞,摩挲着
再没多说什么的吟诵声。

而她完成了以花针带着彩线
缓缓飞行。她当年踱步的庭院
青色的屋檐像在述说那一对蛾眉
徐徐双分,天然而秀丽。

---

① 周秀眉(1769—1789),出生于温州苍南县矾山镇,十四岁便开始写诗词,文思敏捷,却芳华早逝,留下一部《香闺集》。

我好奇这个对镜梳妆的人,误食了
哪一朵开在砚池里的花?
当出色的美与疑问都被收走,
我们才想起去瞻仰一个诗人的故居,
只是已无人可以问候,除了寂寞的房子
只见屋前的一朵雏菊,
像邻家女孩的微笑,打着皱褶。

          2019 年 9 月 9 日

中秋,在足荣村

在扎满红灯笼的榕树上,
月亮以加倍的光辉进入叶脉和根茎。
我们像孩子一样端坐着,
几乎不说话,听着光
从枝杈间穿过时的窸窣作响。

我们手里没有灯笼。
我们两手空空。但我们仰望
有时看一看渗入地上的阴影。
如果我们握手,将成为光的传送带,
紧紧握着的潮汛,也将漫过大地。

我们两手空空,感受潮汛
与月亮的呼应。那一直
弄疼我们的那个词,此刻
正沐浴在月光下——一个夜的世界的
孤儿,将独自穿越
漫漫长夜的荒漠。

2016年7月10日

第二辑

寻找一间打铁铺

交互的面容

一个人在孤岛上奔走；
用铁和沙混合成的嗓音歌唱；
把夜色中的草莓磕破，让它溢出醇郁；
像遥远的树一样沉默——

在哑铃铛似的孤岛上。

2017年6月24日

地衣

只需一点泥土一些湿润的空气就够了。
只需一块岩石一些漏下的光线就够了。

只需一些菌类的安宁就够了。
只需一些你们不要的渣滓就够了。

只需一些欢笑与泪水,
一些没人听见的嘟哝。

只需大地深处的一点点汁液,
缺席者胸腔里隐匿的群山与谷地。

即使是没有人迹的地方,
它们也能在淡蓝色的空气中延续……

2010 年 7 月 20 日

地衣中,每一棵树的沉默与屈身

地衣中,每一棵树的沉默与屈身
映出。它的行动薄如阴影。
它的言说,结成痂,在静夜
独自卷起皱褶的边沿。

像一片腐化的叶子,吸收大地上的怪声。
比一朵花更耐久,庇护一口枯井。
让独自散步的人,像一棵缀满果实的树
走在柔软的丰硕中。

每一缕光线都在加深它的忍耐。
即使在贫瘠的荒地,透过一小片薄衣,
它醒来,它展示。

2010 年 7 月 16 日

落日的合唱在地衣上滚过

夜色静静进入岩石,开始演奏。
黑灌木的根部,闪烁黑色的油脂。
我再一次写下星星,退远的夜。
盲人眼里空荡荡的田野。

一些灯盏已熄灭。所有虚构的事物
也在一点点回去。而一块地衣
在悄然活动,穿过湿泥的荆刺,
丈量着变暗的荒地。

流动的,也得到了好泥浆。
经历过灰色的成长期,我本能地亲近
这低处生机的漫溢,一个又一个
落日的低语,这苍茫大地上金色的泳者,
一种合唱在地衣上滚过。

2010 年 7 月 21 日

蝴蝶

一只黄色的蝴蝶来到我窗口,
一天之中唯一的亮色,把我带离
暗淡与荒芜。我跟随
这神秘的信使,想着失落的心的碎片。
某种火焰,炫动的光
以更加沉默而灵动的触角拉着我。

我浮过暗暗涌动的气流
察看我们的躯体。我的双臂空如芦苇
轻抚裸着的河岸。一朵不败之花
跟随我们移动。我们通过它互相渗透,
渐渐获得明天的酣睡。而我们体内
秘密的装载之物
带着我们行走。

2019 年 10 月 5 日

寻找一间打铁铺

无数次,我在夜色中匆匆上路
寻找一间打铁铺。
我走遍一条条大街小巷
寻找那被熔化的铁,那被奋力
高高举起的大铁锤——

无数次,我从变旧的日子中出来
四处寻找一间打铁铺。
我猜想,总有一些铁匠守在炉边,
吭哧吭哧地拉动风箱,
把通红的炉火烧得更旺,
让火光冲破沉闷的黑夜,
像一种爱抚,穿破黑暗。

我一开始很兴奋,披上一件单衣上路。
我在路上疾行,脸上泛起红晕,
两眼捕捉楼宇和旷野中的光。
我每天出门,都在寻找那间打铁铺,

直到一个又一个寒冬来临。

我最终没有找到它。我的两眼
因漫上泪水而看不清道路。
但我知道,就在某一处
一定有一间打铁铺隐藏在那里,
铁匠们在用大铁锤狠命敲打烧红的铁器,
那火红的解冻层
原先是铁浆,后来露出锋刃——
一把刀慢慢成形。

         2015年8月16日

跃动的火焰

今天的拯救者,是一只麋鹿。
从它身边经过的光,
触及最黯淡的睡梦。

带着我们一起奔跑吧!
我们在狭小的空间里跃动,
像木偶,踩着细细的缆线。
我们有新长出的两条腿。

2018 年 5 月 4 日

山中书简

山道上的行人已寥寥无几,
山雀也不常光顾,
但我还是每天都出门一次。
遇到路边的花,就蹲下去看看,
你知道,过几天它也会凋谢。
以后的季节,将是它离开后的风景。

我没有采摘鲜花的习惯,
想到有一天,它终将进入寂寞,
多少溢美之词都是徒劳。
大地上,充溢着多少无声的哼唱
如今又要增添一种。
多么合宜的奉献,若干年后
你会明白,这日子曾像一捧花束。

2018 年 8 月 5 日

情侣峰

无论从哪一个方向看,
都无法从她身上找到
那活生生的另一个。
但他们垂下眼帘,紧紧依偎。
数千年依然如此,
似在偿还欠下的分离。

她身上的织物和背篓都已变硬,
而从她沉积岩堆叠的胸前
每日仍升起紫烟,有时
是浓雾。你知道——
我多么感激,一座山能这样
把爱藏进怀里。

2010 年 8 月 17 日

在崇明岛看鱼化石

我们一起喂鱼,
把鱼食撒到鱼塘里,
看一群鱼抢食,
其中有一些飞快地蹿出水面,
像红色的刀刃出水,驭着
一张张梦幻的脸。

它们也懂得嬉戏。
流水的时光中的庆典,
漂流和喘息,配合我们
天真的挥霍
和歌吟。我们曾经是快乐的

从天使般的穿越到哑默的无常,
我们在空洞的注视中
进入幽深的回廊,
在那里,我们见到了鱼化石,
在一种全新的飞行里,

我们一动不动

请它教我们讲述的方式。

          2017年6月22日

某个地方

在某个地方,我把一些重要的东西
遗失了。轻声说出的话语
像雨水打在湖面上。伸向高空的
梯子,也已经逃离。

我像是已被我的梦抛弃。
我快到了不再做梦的年纪,我悲哀
一个梦的捐献者,记下的梦境
依然在无人能够到达的地方。

而我记得在某个地方,我的脸
曾紧贴着石块,就像贴着
那激烈跳动的心脏。
我以为时光总有办法弥补一切
可这就是世界存在的方式——

在某个地方,去爱一个人已经太迟,
再唱一首哀歌又还太早。

        2019 年 10 月 8 日

听百年前三峡纤夫号子录音

暗室里,长长的缆绳还在撕扯,
热荆棘在肩背,遗失的水在流淌。

一声声呼号,在我们之间回溯,
这隐匿之躯,脚踵被置于烈火,
焚烧,却永不碾碎——

依附于广袤石滩上的流水,
不可摧毁的回声,在四面墙壁闪现。

禁止,禁止,虚伪时代的喧哗。

当几个男声,顺着激流加速,
这令人窒息的音节
依然引导处在漩涡中的人。

不仅仅是艰难的喘息,而是

一条河流拖着

苦涩的祭品——

  2020 年 12 月 4 日

我们被锁在各自的孤寂里

父亲,你离去已经整整十年
记忆越来越少,你不再给我礼物。
一个得不到父亲礼物的女儿
怎么可能美丽?在我小时候
你拉动二胡让我歌唱
我的衣服上都是补丁,父亲
我找不到一样玩具可供怀念。

记忆中的糖果也早已化了,
我喜欢甜,可现在只记得
苦涩的滋味。我们以前
多么羞涩啊,从我记事起
你就没有拥抱过我,
当我愿意试一试,你已经不在了。

母亲也没有给我拥抱,
姐姐也没有,这几天
我躲在房间一角,伤心地哭了,

在最贫瘠的日子,我们
被锁在各自的孤寂里。我害怕
继续一个人摸索着
过那些皱巴巴的日子。
我有一部分时光还在那里。

        2020 年 8 月 11 日

白茫茫的雾里

房子,树,河流,在沉默中呼吸,
父亲,母亲,儿子,在无声的孤寂里

依然传递着苦味,像结在
一根隐秘的根茎上。而道路

不知通往何处。难以辨认的故乡,
无法仰望的苍穹,

难以找回的无邪天真,
就像这样,在各自的世界里。

一种密不透风的静谧:在某个角落
绽放的花蕾,我停留过的梦境,

它们无形的姿势,以自身之力
悬在空中,却柔软地活着。

2020 年 5 月 20 日

迷途

秋日下午,树林行列整齐
发出越来越浓的气息,
一个穿木屐的女人被风追赶
转瞬就没了踪影。
但进入这个秋天的人都会魔法,
她尝过爱的滋味,不会再离开。

她所钟情的快乐和痛苦,
投向山影和树荫。
树林已经成型,远方的山峰
默不作声。一份难言的感动
让我频频回头。我喜欢
这秋的色彩,金黄的稻穗
因饱满而弯腰,被拥在世界的怀中。

我被满山的色彩推着前行,
找不到回去的小径。
行路的方向不对,一切

却不是徒劳。我相信

多少年后,回想起错过的路口

我依然会喜欢这迷途,

喜悦这路上的一石一木,

每一片落叶,和空气中的万千诱惑。

2015年10月3日

你在我身边,就像沉静的峡谷

一开始,我们并不交谈,
我们只是在陌生的路上行走,
身边就像有一座移动的峡谷。
匆匆经过的黑夜之鸢
我们不让它消失。

到了夜晚,隐者从灌木中醒来,
我们就该独自跋涉了。
在睡梦中,有人说自己的双脚
为什么那么疼痛?他想成为另一个
他想成为的人。我也是。

          2018 年 5 月 2 日

在深夜磨牙的女孩

她说:"我是星辰。"
而她微信上标明的地区为希腊,
又一个明天就要告别的新面孔,
想到或许余生再也不会相遇,
我们相视而笑。到了夜晚,
她睡着了,开始说梦话,
并间歇性磨牙,伴随着痛苦的
呻吟。仿佛在某个漆黑的
空间,有什么控制着她。
我屏声静气,等待黎明到来。
她再次灿烂如花。我震惊于这
谜一般的历程。她说:
"每个夜晚都有一场噩梦,
牙都磨坏了,看了很多医生也没用,
甚至不敢找男友……"
她那么温顺,却羞愧于所有静夜。
我一直记得她静默的样子,
在鹤顶山的某一个夜晚,

我、寒寒与她同住一房,
入睡前,我们轮流把自己锁进盥洗室沐浴,
出来时每个人都带着淡淡的香皂味。
那时我们不知道谁有特异的禀赋。
一种在黑暗和光明之间跨越的能力
通过沉睡得以完美过渡。

            2019 年 3 月 8 日

看一个人制作陶艺

他用水将双手沾湿
把一团黏土捧在手心
揉成一个圆柱,
放在圆轴转盘上。一个使者,
要求我们屏住呼吸。

"你要制造什么?"
他没有回答对他提问的人
开始进入深深的静默。
手一无所需,让黏土升高,
又在里边掏出一个空空的圆。

他手指间空气的流动在加速,
水在黏土中稳定地吸引所有粒子,
鸟的羽毛与海洋的波浪
升起,遵循着一个沉默的人的指引,
一只水罐出现。

而他的脚还在踩着电动踏板,
给圆轴加速,他的手继续滑行。
手,已经超出了他的需要,
就像在睡梦中,渴望进入一道光,
一只水罐在他的手中醒来
又倒塌。他的嘴里
发出一声微弱的呻吟。

我几乎能看到那只水罐
涌出一股暗流,却突然一跃
在无声中消隐。有些事
发生时总是那么突然,
我不知该如何理解这内在的含义,
我们灵魂某一刻的隐秘肖像:
一团黏土,曾抵达现场。
而这种寻觅,是它的痛苦。

2017 年 12 月 12 日

清晨的马樱丹献出露珠

清晨的马樱丹献出露珠,
黄昏的钟声献出绵长的海岸线。
绿叶在生长,锚正在下沉,
山峦和港口变得更加平静。

我默读一座陷入黑暗的孤岛:
它的彩色旌旗站得笔直,
它的尖顶刺向高空。
我在沙滩上眺望驶远的樯帆。

我让樯帆,
驶远。

2019年6月9日

空中飘满了美妙乐音

我见过那隐形人:他的歌声
在夜空飘荡,眼睛隐在暗处,
偶尔给一束灯光报以微笑。

这迷人的旋律,受雇于死寂的夜
与空洞的楼宇。所有美的降临,
都出自一份持久的耐心。

我向夜空伸出手。我走上一个山坡
再下来。我对一棵树说:别倒下
我们同在!

但我需要用十指紧紧贴着嘴唇:
默默地爱,默默地唱,
不要出声……

2015 年 8 月 29 日

我几乎原谅了这世界所有的不堪

你从没说爱我,从没说过
一种感情曾如何磨蚀你。
你乐于让嘴唇紧闭,词语荒废,
只在空无一人时使劲拉住我
用尽胸中的炭火。

你是怎么样的?我朝你奔走
却始终看不清你的脸庞,
我追寻你,为你写下诗篇
一路拜访天堂和祭坛,
追逐这无边的空旷。我完成了你——

你白天在大地上行走
夜晚合上眼睑安眠,
不斥责,不埋怨,并且倦于反抗,
倦于探讨那追随我们一生的空无。
伤害依然存在。而仅仅一阵微风,

让我们重返梦中,那一刻

我几乎原谅了这世界所有的不堪!

       2015 年 8 月 31 日

神秘的集市

整个夏天,蝉鸣一直跟着我,
蝉的嘶鸣像是要撕裂什么,
那一闪而过的蓝光在我的脑海里。

我的脚步陷入神秘的集市,
手臂相触像两片玉石之间的撞击。
我不知还有什么在那蓝光的列队中。

我顺着山道行走,以为已经远离
心怀仇恨的人群,而那么多蝉
跟着我,像一个个有着苦涩声音的人。

我在山野中静静聆听。
废墟中,那些哑寂多年的声音
也渐渐汇入声嘶力竭的合唱。

2016 年 8 月 1 日

登天子山

在山下,我们遥望高处的丛林,
寻找可以攀援的道路。
我们排成列队,在各自布满苦涩往事的
暗色外套中移动。

在草丛的沙沙声中,
有一阵我们头发飘扬,像个快乐的人
与枝繁叶茂的山林融为一体。
残留的爱与美
在四月的阳光中摇曳。

仿佛有一种寂静又回来了。
我知道,我错过很多次。
而以一个新的生命
对一棵树说话,已不可能。

我沿着螺旋形的山路拾级而上。
我只是拍拍一棵树的树干:

原谅我,我曾经起舞。
只因我轻信了自己也带着花环,
只因这喧闹的人声,让孤单的世界更孤单。

           2018 年 5 月 1 日

云一样的石头

可爱的是一块云一样的石头,
在萦绕不去的流水声中缓缓升起。
船只一样昂着头出航的石头,
在古老的天空下穿过一个个现场。
孤儿一样空荡荡站立的石头,

舒张着灰色的筋骨与肌腱,
永在的青春向我们描述
无名的逝者与梦的形状。
让我相信,使者们
体内也藏着尖茅与疼痛。

可爱的是一块云一样屹立在荒地的
石头。像一个失败的劳作者的臂膀,
允许疲惫的人依靠,所有照耀我们
又褪去的光,所有敞开的风
也抚过它们。

帆一样鼓起,却不愿再做出
任何表情的石头,与我构成
一个对话者之间的直角,
当我对着它叹气,一只鸟掠过,
像它的心脏在跳动。

           2019 年 5 月 18 日

从一条岔路,我们驾车闯入山谷

一
从一条岔路,我们驾车闯入山谷,
不多的人声,也躲进山林。
我们在地图上寻找可能的道路,
薄雾迅速笼罩我们。盘山小道
越来越窄,四周冷寂无声,
一种寒意,从脚底升起。

越来越少的话语,越来越重的喘息声,
一不小心,就会掉落深渊。
这是庚子年一月的一个下午,
我从没想过,道路以这样的险峻开始。
我屏住气息驾车,旁边的崔勇说,
要"从不确定中,寻找确定性"。

难以分辩,理论与现实
哪个更荒谬。我不再说话,
余退、戈碧在后座抓住把手
探讨着他们做梦的双脚。

二

我们相信车到山前必有路,直到
一座高耸的山立在面前。
当我们回头,犹豫着
要不要返回来路,另一座山
早已像转动着的硕大磨盘,紧紧跟随。

一路上,云雾推高远方的山脉,
荒野推拉着我们。从方岩尖、
下叶尖、南山岗,到黄檀洞,
顺着山脊,我们隐约看见一条路,
但在群峰之巅,我只想匍匐在地,
静静贴着大地一角。

我们已无法返回。仰望
伸向云雾的山巅,这敞开的素净
与静穆,是错误路途的全部回报。
我们顺着山路继续深入,
让人目眩的天际与山峦,
不可思议的云雾,深渊般寂静。

三

如此洁净的覆盖,与折叠。

每一样都在凝结。如果此时俯瞰
我们将目睹来自内心的雪,
缓缓推动两侧的群峰。
想到这一幕转瞬也将消逝,
我的身体有海绵在悄悄释放。

我们的衣服松软,与手臂形成圆环。
而风朝着沉默的板岩击打。风试着
穿透小舰队一样的板岩,
直到针叶林喷溅出黏稠的
绿色,一朵云迅速变形。

一座山峰发出窸窸窣窣的声响,
来自另一座山峰的松树与柏树
机敏而温顺,隔着雾
露出它们不可度量的造型。
一种陌生的柔情,游弋在苔藓上。

四

我们从山巅经过,寻找一支忍冬花。
在一个空地默立片刻,让心跳平稳。
所有我们想起的人,都被那里的山风
吹过。那一天,他们或许正在沉睡,

感知呼唤,披一身山岚从梦中走出。

而我们周围是伤痕累累的岩石,
风拍打它们,发出海上才有的呼呼声。
那么多树,居于断崖一侧,
峰峦的边缘,暗藏怒涛与锋刃。

我感受这独特的密语与暗示,
在一个又一个弯道和斜坡穿行。
空蒙之中,远远传来捣衣声。
一棵孤零零的黑松,在山道尽头
熠熠发光,崖畔的木姜子
也进入我的臂弯,我们开始欢呼。

终于逃离危地。在一堆篝火边
我们喝着热茶,说着历险。
而舌头已变得僵硬。一种教诲
像暗流涌过。一群长尾雀遥远地
呼叫,告诉我们看到了什么。

2020年1月13日

某一年的手书

一个人与我坐在一起,
用手在我的手心写字。
另一个坐在前排,期待
与我悄悄约会。
他们的秘密,对我都太重。

我装作不懂那是什么字,
他便不好再开口。我装作
不明白他的期待
秘密的激情就渐渐褪色。

胆怯的人注定错过爱情。
那更腼腆的一个,在清晨来敲门,
他说只是想见见我
只是想看到小姐姐梳头。

我有木梳,我的长发琴弦一样忧郁。
我不知谁才是我要珍惜的人。

只记得他的眼里泪光闪耀。

只记得他一路唱着悲伤的歌。

2019 年 3 月 18 日

他赤裸孤单的身体……

他在诗里展示赤裸孤单的身体,
趴在地上寻找爱人遗落的发丝。
执着而安静地爱怜。
用柔软的手,爱,写诗,
在她的脊柱上摸索。
但有几次我看到他在哭泣,
他想追随美智子①而去。
爱过那么多女人,保留
与那么多女人的快乐回忆,
她们被优待,虽死犹在。
已有数日,我为此感到愉悦。

2019 年 4 月 3 日

---

① 美智子,美国诗人吉尔伯特的妻子。

我的嘴唇尝过雪的滋味

我的嘴唇尝过雪的滋味,
我的歌慢慢转向静默,
当轻柔的风越过暗夜的栅栏,
人们不会知道这是歌谣中的第几首。

雨点落下时我躲在陌生的屋檐下,
热情的流水和弦乐
恰如无名之爱的抵达,
都曾是珍贵的酬劳。在雪的深处

我的旅程迷失,却没有结束,
梦境苦涩,可也有难以形容的靥景。
在正午,我曾热衷于描摹灰烬,
现在我赞美光,却一天天厌弃了自己。

在雪的深处,我写下终将消融的
词语,言说的花瓣,那让我们
继续的慈悲。我仍是你——

一颗流亡的心的知己,我瞅见
这雪的飞奔,雪的加冕,

一切语言到达的艰难。
称我为"我们",而我
像一个局外人那样活着,
打开书本,数着新的悲伤……

        2018 年 11 月 26 日

在其上,在其下

在山下,遥望高处的渴
让人寡言。
在空得发白的山顶
谁又能轻松地谈谈过去?
这是我们需忍受的
全部空寂。

或许有另一个可以开启之门
进入幽秘之地。我的脚踝
开始变绿。在护栏内
终于站稳,呼吸,观望,
却无法再往前一步。

纵然是甜蜜的一击,也承受不起,
但我依然收到了
从山崖斜面伸出的
映山红。她竭尽全力的美,
就像一个

悬空的人

渴求相依。

          2018 年 5 月 28 日

三个蚕茧

一个冬日下午,我坐在小板凳上
看她一层层将蚕丝铺平,
然后选一个对角,调整丝絮的
轨道和刻度,默不作声
就从我身边匆匆而过,走向纵深。

我喜欢她的工作,随时可以驶离。
她的手指在跳舞。像在云端之上
却不必担心跌落。也像一个乐师,
乐于在内心鸣响,来去自如。
我也卸下重负。

她矮小又苍老,略有倦意,
但她看起来并不比我忧伤。
或者是茧的呼吸让她平静。
出于好奇,我向她要了三个蚕茧,
递给我时,她对我诡秘一笑。

此后很长一段时间
我的口袋里装着三个蚕茧,
虽然它们不再渴望游荡,
我不知道,为什么
在行走时总想带着它们。

2017 年 4 月 5 日

我总想对它们施一点魔法

在秋天,路上总是飘满落叶,
看到特别艳丽的叶子
我会捡起它们,也有些
还泛青的叶子,它们叶脉上的光泽
让人联想到这过早的飘零
是看清了一些什么。

不知有多少年了,我一直喜欢捡落叶,
我赶在它们凋零的时刻,把它们带回家,
我猜测或许有一些美还没绽放,
一些爱,不该那么快陷于淤泥。
我知道一段时间后它们终将离去,
可我总忍不住想对它们施一点魔法,
就像我热爱过的那么多事物,不能
就这样在不知不觉中消失。

2019 年 9 月 26 日

黑房间

刚刚开始的日子,也像最后的
时光。仿佛在黑房间,
再也见不到飞翔的鸟儿。
晴朗的天空下,路上匆匆的行人
不知要去往何方。甚至
河道里涌上的水,也在一点点
离开我,乐于把我送进黑房间。

危险在哪里?我不知道。
所有窗户都打开也没用。
没有人能进来。有人
在门上再加上一把锁,我挣扎
大声歌唱,仍无法出去。
我的黑房间,蜜糖一样粘在我身上。
想起曾经的屈服,我的黑房间
教会我不再需要灯。
黎明只是少数人的成果。

一切都不是我了解的样子:
地上和墙上,都是泥浆。
叹息冰冷,嘴唇不再需要亲吻。
我不知道还会遇到什么?
我的黑房间,每天都有一个新的声音
提醒我老了,我已失去力量。
每一天我都对自己说,我要勇敢些!
遇到任何事都别惊慌,
爱人离开,也别惊慌。

        2015 年 9 月 6 日

空空的爱人

我对手中的书说:你好。
对疲倦的记忆说:再见。
如此周而复始,
我的睡眠并不安宁。

我想念被我虚构的时光,
如果梦是真的,该有多好。
可是我必定离梦境越来越远,
最后一梦难求。

我走过一排排枞树,
想抱住其中一棵。
听见有人用轻柔的声音说话,
就凝神聆听,面露微笑,
我知道不该这样,
更不该把头靠向某个肩膀。

我空空的爱人,这次哭过我就不哭了。

我要继续爱你空空的身体,
爱你亲吻时空空的颤抖,
愁苦的甜蜜,谜一样。

2017 年 8 月 24 日

赶灵魂

每一次我从医院门口经过,
总是低着头,眼睛躲避着别的
被疾病折磨的人。

为了乞讨,残肢者露出结痂的伤口,
畸形的躯体,趴在地上。
他们身边都有一个放零币的碗。

在去往医院的路上,
我也无力。有一些疾病
需要赶走灵魂,躯体才能健康。

我一次次赶灵魂,不去看比我更痛苦的人。
看到他们,我的痛和孤独就会加深。
而我能承受的已经有限。我关闭自己,
测量这卑怯……骤然而来的沉默。

我感到羞耻。身后,他们早已消失,

没有人知道我的贫乏——这难以完成的

苦涩有限的爱。

          2013 年 8 月 14 日

他们在下棋

还要再过些年头,才能分出胜负。
也许不会有结果,因为有人在中途
毫无征兆地离开。一开始
他们并不难过,谁也没把谁孤零零地留下。
他们只是筑城墙,手无寸铁
却屏住呼吸或喃喃自语,
像真的掌控着千军万马,
他们以为这游戏会持续几十年,
然而提前离开的人不管这些。
即使棋高一着,最终还是无从下手。
他们都哭了。折戟沉沙
的疼痛,出现在睡梦中。
那曾经危险的陆地,在每年春天
茂盛起来。他们为失去的
点燃蜡烛,写下离去的对手的名字
静待一个个战事平息。
那时,他们从各自的居所出发,
喝一杯烈酒,策马而来

开始四国大战,有人扬鞭,
马鬃就在棋盘上空飘荡。
他们高声争执,用嘴、用手争夺,
在一个不属于他们的世界里
彻夜征战,直到其中的一个
放下棋子。他们不知道
这么快,有人出局,并且永远离开。

2018 年 5 月 14 日

鹊华秋色图

两座山遥遥相对,世上
最好的情谊,如果以此来称量,
鹊山与华不注山一定会同意。
这天真而葱茏的骨骼,
令人惊讶的相伴
让造物之唇叹气。

那年秋天,泽地和河水极尽所能
从近处伸展到远处的地平线,
无法抑制的仰望
笼罩策杖之人,在时间之外
沉入微黄的空气,淡青色
与青花色在山峦回荡,
让所有行走变得趔趄。

当一群掠地而飞的沙鸥
引领壮士之心蹒跚回家,
自然之美,依然含蓄:

杨树与稚松都细如发丝,
虫鸣从汀岸流出,经过芦荻
就像经过生与死。

所有风光都进入循环往复,
平川洲渚,红树青枝,
牧歌中恬静的羊群,浑然不觉
一个奇妙的世界已经到来:
大地深处升起光辉,
一些东西正温顺地枯萎。

2018 年 9 月 2 日

第三辑

给大雁唱一首歌

早晨,空中的金箔之歌

早晨,无穷无尽的金箔在空中
静静流淌。巨大的宁静中
金色的河流飞出金色的鳞片,
一只巨鸟缓缓展开翅膀。

幼鸟也在醒来。我没见过这样的晨曦:
满满的金箔流淌到低凹的大地
进入幽暗的植物。轻柔的风
往树木的胸膛吹送音律,大地上
炫目而又饱满的金色在震颤。

这个早晨,我不知还有谁
与我一样痴痴仰望,如果
只有我一个人看到这蜃景怎么办?
我无法确切地描述这人间的绽放,
万物的慈爱和拯救。整个世界的
美和痛楚,如何从高处缓缓倾泻。

我不知该如何赞叹,只是隐隐担心
这一切或许不会再有。

         2017 年 6 月 18 日

在一朵火烧云中

在一朵火烧云中,
我看见岛屿和江水闪着金色的光,
陆地露出一角,房屋像在虚空中
被小树林围抱。一只落单的
水鸟,在水面飞翔,在偶尔的
一声祈祷中,白色的羽毛
变成一抹霓虹。这神奇的改变
从眼前掠过,我默默感受
无垠宇宙递送过来的闪耀之物。
在头顶之上,霓虹
已进入广阔的荒漠,和更多
无声游荡的身躯。

2016年7月3日

蕨,仍在崖壁攀爬……

那些孤立无援却顽强的脸
藏在蕨的根茎
和叶片中。而不是词语

那些背负着记忆的面容
在岩石的缝隙中
在古老的井沿边,
沉默。而不是歌唱

任何恶劣天气的侵袭
任何拉扯或紧握
也不会让它们
更寂寞。在大地的皱褶中

而不是一遍遍喧嚣着说出
幽暗的藏身之地。

2016 年 7 月 3 日

在云气沙滩独坐

很久没有这样宁静了,
人群沿卵石小路漫步,一会儿
就像白鹭飞去。一只蝴蝶
在高空拍打翅膀,抛下沉默的枯枝。
我寻找一个可以坐的地方,一张木椅,
某一种思想的墓地。我曾经
觉得道路还很长,可以爱一切
艰难之事,在荆棘地通行。
现在我已无力再飞,我终究没有
长出翅膀。想到从没繁盛过的小野花
也将消失不见,难觅踪迹,
我从四散的颜色中
寻找一条通道,而当我起身,
一棵挂满了金色叶片的幼树
号叫着向我显现。

2019 年 5 月 20 日

新浇的柏油路上……

清晨,我去山中散步,
像进入一个凝固的空间:
新浇的柏油路上,小蛇与青蛙
被半压进路面,数十只蜻蜓
陷进黑得发亮的沥青中,
它们想要飞离的样子——彩色
而透明的翅膀
奋力张开,痛苦而惊惧。

它们是要在路上停歇,还是想
察看一片新的荒原?但是太黑了
即使有惊人的复眼。
当它们在夜晚飞行着降临,
没有一只人类之手
抛出一片救命的落叶。

每一条黑色的黏稠的道路上
是否都沾满了折断的彩色翅膀?

在那个难忘的夏天,我以为
见到了那么多堪称完美的羽翼,
而我全部的发现就是——在我决心
永不伤害它们的时刻,
一条崭新的道路,将那么多
泪光闪闪的生命送到我面前。

       2018 年 12 月 8 日

大雪中独自驾车回家

在一个由仓库改建的酒庄里,
当我们结束晚餐,推门出来,
忽见一场大雪纷纷扬扬从天而降。
天地异常安静,我们像孩子一样欢呼,
伸出手,仿佛可以接住些什么。
积雪无声铺展。地面上的石缝迅速消失。
而我要在大雪中独自驾车回家。
我与他们挥手告别,不到一分钟
就在他们眼里消失。我开始
他人无法知晓的路程。
碑石与村庄在雪片下
庄严而深邃。前路茫茫,
我心怀恐惧,又精神一振,
顺着积雪的护栏,我小心行驶,
我怕忘记路上经过的事物,
而我没有遇见一个人。想起
各种喧闹,绽放与凋零,
都归于完美的白色,就像非凡的美。

我想唱出来,可我的鼻子黏糊糊的。

我震惊于这天地之间的诗。

我领受这一切。

2018 年 12 月 7 日

海边小屋

在石头筑成的海边小屋,
一个个散落的词,层层垒叠
砌成墙。想想多年之前
它们曾在一双手中获得重量。
想想它们的每个早晨与黄昏。

灰色或土黄色,凹凸不平的石块,
一个个孤立的词,筑成房子,
我们在里面谈论,诗的真实
与创伤。而这棱角分明的住所
需要多少骨架一样的石头?

接受风雨与海浪的喷溅,
板岩之间的喧响。我们的脸
不知不觉沾上碎屑。散发着热气的
灰色与土黄色,难以述说的
激荡。泡沫与泥泞。

或许这就是我们共同的处境,
无法写下的诗句,比夜色严酷。
而一座房子呈现于海边,
从不停止言说。我们留在其中,
感受漫进木质门窗的雾气,
那根暗黑之刺,结晶为我们的哑语。

这痛的漫游,给每一个
杯子加入一份变渴的调料。
多么熟悉的滋味,悲哀的眼神。
不会有的远航,令一块暗红色石块
紧紧挨着墙角,却想着沸腾。

2019 年 7 月 26 日

夜船

几艘船由粗大的缆绳
系在海边。波浪在船底无休止地
向上拱动。

一整夜,水与木头撞击,
水与水撞击,连续不断的轰响声
从水底传来。

我们长久地站在海堤上,听风
吹过桅杆,那木头费力卷动的声音
像厌倦了所有乐音的大提琴。

依靠船舷的防撞橡胶轮胎,
被海水千百次冲开,磨蚀
又缝合。我们的栖居之所漂远。

我们像在冷冷的海上做梦。

当波浪包围桅杆,而桅杆

垂直插入海水,我们

醒来,打着寒战。

                    2021 年 5 月 6 日

或许不是麻雀,而是别的什么

有人善于编织罗网,懂得
怎样才能捕捉到更多麻雀
并掌握几种烹饪术。树林中隐藏的
深渊。铺天盖地的
网眼之下,不再动弹的翅膀
进入微暗的光。

或许不是麻雀,而是别的什么
来过这里。我记得有人彻夜悼念
某一次苦难中离去的伙伴。
在小树林晃动的阴影里,在日渐空旷的
广场上,那些哀伤的灵魂
离去时,越过树枝
羞于与一片叶子
轻轻触碰。

2018 年 11 月 19 日

这充盈而细微的抽噎

如此安静,像是树上长出的蓓蕾,
仿佛里面不是曾经的活物。
我好奇这沉入大地的
丝柔和裂变,要如何从沸腾的水中
游上来。一定是摇摇晃晃
身体内部咔哒咔哒响
僵住的脊柱旋转着蜿蜒而来。

那个冬天,我注视这三个蚕茧
我每天陪伴它们,却依然不了解
它们成茧的过程。只知道
生命最深处,并不是"无物":
一次美妙绝伦的诞生;
一种魔法的仪式,从自身的洁白
幻化出翅膀。

看不到任何挣扎的痕迹,
除了腼腆的爱与死亡,

没有什么可以参与这充盈而
细微的抽噎。我永远无法想象
寂然无声之后,依然可以吐丝,
在每个寒冷的冬夜
向我们传送一丝丝低语与神迹。

2017 年 3 月 27 日

废弃的灯塔

在岛上,我们寻找一座废弃的灯塔。
在一座多年前被废弃的灯塔中
我们寻找一盏灯。

我们迷路,却像被一种力量追逐。
咸涩的风,给我们不可见的网
把我们引向变暗的波涛,

并被一个空洞的建筑吸引——这里
曾涌出光的飘带。一段被遗忘的
誓约,被留在途中。

我们望着失去透镜的空洞,
默立,开启渐远的记忆,
听高处翻卷的碎浪和呓语:

那些数过的漆黑之夜。

那些收获涛声的暗礁。

那些仅存的内陆。

　　　　　　　　　　　2021 年 1 月 16 日

敲一敲木头

有人已经试过,在虚空中敲击手指,
召集幽灵。而为了好过一点
有人去敲击木头,以证明灵魂
的存在。我试着去理解这些伟大的人,
倾听木头的言说与呻吟。
我搬出木柜,木抽屉,给它们擦拭灰尘,
对它们朗诵诗句。而这些
让我得以成长的,不知何时
已进入了寂静,耳廓和耳垂
在不知不觉中倾斜,变形。

我感到悲伤,我不再年少
却需要练习一种新的听觉,
学习倾听岩石与颗粒的撞击,
倾听铁砧的敲击声,在无声中
被传递。"敲一敲木头,
为了好过一点"①,那克制的声音

---

① 敲一敲木头,为了好过一点,并且也是为了一个48岁的灵魂的未曾中断的存在。——茨维塔耶娃

在灵魂之间传递。那虚弱
暗哑的炸裂声,拒绝收买。
现在,那些半透明的人
换一只手,继续敲击着木头——

$\qquad\qquad\qquad\qquad$ 2021 年 2 月 12 日

它眼睛后面的幽暗与温柔

夜色中,幽暗的水域在窸窣作响,
结晶的萼片从猫眼
从暗绿色的最深处
传来隐隐的击水声……

古老的谜一样的眼睛,
当我注视它,一种温柔弥漫,
金色的光开始活动。

我跟随它蹑足经过湿透的泥土,
那场始终没有落下的雪,
从高处静静触摸我们。

一些事,同类总是难以知晓。
交谈的困难,催人入睡,
但也不是全无乐趣。当我
与这位脚步轻盈的密友

来到屋外,在湿漉漉的草丛中奔跑,
我的抑郁减轻了。

2018 年 3 月 14 日

有时,我们带着石头旅行

我读一本诗选,我想,或许
我们一样孤独。有时,你会带动我
从虚无中寻找点点繁星。
有时一些音乐触摸我们,有时
戛然而止,让我回到这贫乏的日子。

我在一些词中寻觅。因为爱
溪流向大地靠近。干裂的土地
奔向悬铃木,和成群结队的飞鸟。
可有时,我的痛苦在加深。

我回到最矮的草木中。
有时,我们带着石头旅行,
朝向洪亮的音节,渴饮。
有时,在人群中屏住呼吸
进入那飞行之境。

我们赞美那袭来的风暴,有时

被摧折。我们受伤。而有时
我们为彼此的光目眩,因而
我们给所有植物以清凉的水。
给无止境的黑夜,以反抗者的轻盈。
给埋藏的词,以垂落的一舞。

2021 年 1 月 16 日

月亮里有一棵桂树

月亮里有一棵桂树,在柔和的光里
描画我们从未见过的田野。
在我们需要的时候显现。无言的恩典

照着我们褪色的衣衫,也照着梦中的洞孔。
不管离开多远,只要我仰望
依然有一种流动的光在引领我们。

那高高的树下,一只白兔始终陪伴着
挥动木杵的捣药人。那热情的双臂,
美丽的身影,依靠着什么样的树干?

从一个银色的月亮,一棵终年开花的树
在村庄上空成为永久的图景,
而我不是唯一知道这一秘密的人。

> 2016 年 9 月 3 日

在东川二桥

在东川二桥之间行走,
我像一条消失了碎浪的溪流
交出淡金色的沉默。
一条彩虹,交出曾经喧闹的全部。

有多少次,我察看那流水,
它们奔向我不知道的河谷,
进入灌木林,触摸鹅卵石
也触摸根须中的曙光。

给我快乐,也给我伤痛,
为我说出每个日夜的独自疾行。
可是我现在已无话可说。
我曾说了那么多,我的创伤无法愈合。

路上的藤萝,已流尽绿色的汁液
徒然地弹奏。月亮经过树梢时的
刮擦声,正吞食最后一<u>丛</u>紫薇。

而我永不退却的白鹭还在空中书写，
只是有时候，因为天色太暗
我看不到它们的踪迹。

          2019年10月4日

蒲州河上

依然是运泥船,每天在运送
灰黑色的泥,黄褐色的泥。
沉闷的突突声中,有人在某一处
挖掘,没有人觉得有什么异常。

在上午,一艘艘空船轻快地驰来,
到了午后,一艘艘紧扣吃水线的船
慢慢把水波一样的遗忘送到河岸。

好像过了很多年,它们只存在于
我的记忆里。我们互相注视
是唯一的应答。没有人有任何疑问。

当一个人慢慢懂得时光,
将惧怕一阵阵吹过的风。
而那么多泥土与泥浆被运送出去
会不会生成一个新的窟窿?

那段时光,我看到那个穿蓝衣的掌舵人
被一段神秘的航线牵着,
一段日子就此消失,我担心
只有我见过它。

            2018 年 12 月 20 日

对一个荒村的拜访①

绿色藤蔓是袒露在大地的最后的悲伤。

仿佛被岁月遗忘的礼物,
村庄在浓密的植被上升起,
脱离了控制的藤蔓
自每个屋顶与残垣披挂而下,
一座座呈完全深绿色的房子
在风中摇荡。

我们四处张望,在荒凉之地寻找
那些被隐藏的东西。
几乎没有人的踪迹,只有疯长的藤蔓
在我们周围,似乎要旋起我们。

我们局促的手,抚过柔软的叶芽,

---

① 诗中荒村系苍南大垵村,全村因"桑美"台风灾害受损严重,村民集体迁移下山,遗留残损的房子被植被湮没。

却不敢触碰那断墙上的裂隙:
关于现实的残留记忆,
锈和碎石的嗡嗡声
从赤裸的天空落下。

曾是非凡的所在,站在山坡,
可以遥望大海,现在只有深绿色的
藤蔓在奔泻。那么多藤蔓
那么多深绿色的琴拨,朝我们划来。
而我们无声。

一种秩序已经永逝。
一种回响,只有无声的低诉。

2018 年 1 月 8 日

未来的钟声也由碎片组成

我忘了最初看到的天空是不是
由碎片组成,只记得
童年的衣衫是一些柔软的碎片。
脸上的红润是夹在书页中的碎片。
永远无法见到的,想象的残余
是一些叽叽喳喳的碎片。
被我们称之为痛苦或者甜蜜的碎片。
未来的钟声也由碎片组成。
各种各样的器物与色彩,它们呼吸
用我们的心脏与嘴,以平常的轮廓线显现。
正在飞翔的碎片。被一点点剥落的碎片。
给予我们希望的碎片。以爱抚触我们,
促使我爱上编织,一点点缝缀,
而它们的反光,在我们眼里。

2010 年 9 月 14 日

乌鸦的时刻

当一群乌鸦保持静穆,注视我
暗中感知我强烈的冷与渴,
我的天空开始旋转——

它们那么渺小,不该喜爱光
但黑夜忠于它们。
饥饿的故乡悄悄给它们食物。

我的手缩在衣袖里
估量着冰冷的世界得到的慰藉。
一根冻僵的树枝在醒来。

我记得那个时刻:白茫茫的雪地上
只有白桦树挺立在那里。
所有树叶都落光了。只有数十只乌鸦
栖息在枝条上,注视着我。

2015 年 12 月 21 日

无面者

一张张脸被白色的布裹着。
一张张脸被黑色的布裹着。

被遮住嘴的脸。一种新的缝合术蔓延
很快,就再也说不出一个多余的字的脸。

经过幽暗过道而赢回的脸。
嗅着死亡的气息,消失了话语的脸。

因不知名的恐惧而逃亡的脸。
张开嘴,只是为了呼吸的脸。

在垂死的喘息中呼告
祈求一个新的神降临的脸。

黑黢黢地悬挂在无根的苦枝上
在绝望中飘摇的脸。

以刺柏的针叶记录死者。在一堆易碎物里
缝缀一个城邦幻象的剩余的脸。

        2020 年 1 月 30 日

今天你要写什么诗

一个小孩问:今天你要写什么诗?
是要写一首科幻的诗吗?
不,我不写科幻的诗。
是要写一首神秘的诗吗?
不,今天我不写神秘的诗。
是要写一首悲伤的诗吗?
是的,我要写一首悲伤的诗,
因为这几天很多人死了。

可是,你还是别再写悲伤的诗了,
要写就写一首欢乐的诗,
很多人已经很悲伤,
不能在悲伤上再悲伤。
你写首欢乐的诗吧,让读到的人也能欢乐。
你的诗里不能说死,要说去世。
你说悲伤,就会一直悲伤下去,
你要让死也变得好听一点。

2020 年 1 月 28 日

剩余

我们剩余不多的爱,
由苦难之人来唤醒。
而缩小的词,涌向
夜的祭坛。

一些人已无法出声。
一些音节,像刺一样
被拔除。

给我们无人认领的
遗物。给我们
乌鸦颤抖的翅膀,要我们
忍住哭泣。

难以辨别的致命之物。
飞着的灰。
没有答案的追问。
一个个带着秘密的

黑匣子。

悲伤的男人,女人。在二月
冰雹收集痛哭:
神啊,如果这不是噩梦,
愿一些丧失
能被救回。

2020 年 2 月 15 日

给大雁唱一支歌

我不知道在黑暗里除了我之外
还有谁不肯带着苦涩睡去。
而道路已经模糊,隐退的田园牧歌
滑过一声声哀鸣。

在黑暗里,一颗星星就要结束。
我不知道是谁越过榉树
长出蓬松长翼的手摸到一段陡岸。
在黑暗里,在黑暗里。

有人已经进入睡梦,我不知道
将发生什么,是谁又长出长翼。
但我梦见,我们集体
给岛上的大雁唱一支圣歌。

2017 年 6 月 13 日

菊问

菊花进入麦地,延伸到金翅鸟的
翅膀中。不知为什么,它饥饿的胃
拒绝真实的麦粒。漆黑的旷野
拒绝下沉。背负菊花的日子,
影子的移动,比牛轭艰难。
更多菊花在路上徘徊。
更多白色的礼仪
从空中降落。更多灰烬
在制陶匠手中。一个个人形
牵着手,被出售。
你们有着同一种色彩。
匿名的抽搐
是同一种。

2010 年 11 月 30 日

从一个个现场……

我们离开那片礁石时
差点踩到它们。
不知是谁喊了一声:
它们没有死。

那是盛夏,礁石热得冒烟,
只有凹下去的一个小坑有水。
数十只螺,密密麻麻趴在小小的
水坑里,但只要爬出一厘米
就会死。

过了很久,我依然
无法忘记。从一个个
现场
惊人的炙烤中
我们刚刚
从那个边缘线上
逃离。

2017 年 4 月 6 日

那一只单翅鸟

那一只单翅鸟已经飞走了。
最早说出春天信息的人,
已经飞走了。

那一只单翅鸟,在三月
得到神的怜悯。它骄傲的瞳孔
带它进入永远没有终点的旅程。

它携带的大海与山丘,最终到了哪里?
它曾站着朝我们歌唱,应许我们
另一种爱。那一只单翅鸟

只有一只翅膀的飞翔,
让一半世界在风中鸣响。另一半
在大地上,互相挤压。

那一只单翅鸟,像个天真的男孩

收集所有羽毛,却始终没有
另一只翅膀。

        2019 年 11 月 30 日

另一个

无人能真正
接近那悲怆。即使
在船艄,无人
能真正给黑衣裹身的孤儿般的爱人
慰藉。

无人,即使一只手
挽着她,另一只手举着白菊
也无法靠近那灰烬。

给那冒烟的嗓子眼一滴水。

那轰响的钟声,在空中。
我们的沉默在燃烧。在大海中
翻掘,辨认。

2017 年 8 月 1 日

标本鸟
——给 Z、X

山崖边,一座梯形的鸟屋
收藏多种形状各异的标本鸟,
它们娇小的身形已经干枯,喙闭拢。
我们站在斜出的观景台上,感受
倾斜的天空,倾斜的风。

门口塑着巨大箜篌乐器的鸟屋。
被杂草围抱,在风中飘升的鸟屋。
每一级台阶上方悬挂鸟的遗骸的鸟屋。
如果我们写诗,有哪一种词语
能抵达它的沉默?

在冬天,我们顶着寒风
踩着橙色的碎草而来,
我们仰视,而它们的翅膀合拢,
仪容温驯,安静而整洁。
这些迷恋天空的飞翔艺术家:

短翅的红脚隼；叫声多变的山画眉；
笨拙而努力的棕头鸦雀；
现在，它们都不再飞，却懂得
怎么找到我们受伤的眼眸，
并把我们带给另一些鸟儿……

        2019年11月29日

祈祷

如今,神,请您来祈祷吧
一直接受祈祷的您
把灵验的第一次祈祷
像垂下的旗帜一样
投在人们的祈祷逐渐暝暝的这里
　　　　　　　——金南祚

一个坐在轮椅上的人在祈祷,
她说:"神啊,请您来祈祷吧。"
我喉咙中压抑的言辞,就像
踽踽独行的马,走向一条河流。

在多雾的日子,我们不知道
警告来自哪里?当初秋的金黄
渐渐沉入波涛,诗行的伤痕
就在冒烟的胸口之间摆渡。

死亡与恐惧,针刺般的孤独依然存在,

而祈祷之声渐渐喑哑,如她所说,
神,您会拥抱她们吗?
将要来临的这个夜晚和明天
怎么度过?未来,会发生什么?

那黑色的棉絮和盘旋不去
的鸦群,又融合在了一起。
而您终将带着一丝艰辛来临,对吗?
我信赖那些嘴唇无声的嚅动
大地上的创伤与祈求,
我的神,现在,请您也来祈祷吧。

2017 年 9 月 26 日

夜晚的首尔小巷

夜晚来临,我们陆续走出房屋,
我想象自己正在去往一个
欢乐而温馨的地方,
可以与久别的兄弟姐妹谈论天气
和旅途中的种种惊奇。
我寻找一个家一样的地方,
一个从没见过、让我无语而流泪的家。
那一条条被我遗忘的小巷,
或许有人正在等待我。
在种着小树的园子里梳妆的女人,
在门口摆放不同的空啤酒瓶的男人,
我看着他们的脸
顺着一个个墙根行走,
而他们并不认得我,
这让我有一点小小的难受。
但我看到了一堵红砖矮墙上
一丛绿色的倒地铃在呼吸,
它的别名叫风船葛和灯笼草,

有清热解毒、消肿止痛之功,
当我触摸它时——这真实的时间之茎
灌满了石缝。

2017 年 10 月 8 日

我们在黄河边席地而坐
——赠 YZ

当我到达,我已游历过你的故乡,
二十六年间的第三次见面,
第一杯酒,竟是洒向地面:
给另一个空间的好友——
你的兄弟,曾称我为妹妹,
他离开我们也已经十年。

那年,你听到他离开的噩耗,
曾失声痛哭,现在说起
依然悲伤。这不是谁的错,
我们挥别的青春,我们心里清楚,
每件事,不是这样,就是那样
在发生。就像被一种命运控制着。

幸好我们相信语言的意义,而不是
徒然的渴望。曾经,当我们
写下诗行,我们的脸变得柔和,

眼里却有船队在出发。偶尔喝到半醉,
就低唱一曲,像幼马打草,或芦荻悲鸣,
如今,有共同记忆的人,已经不多。

我至今依然吃惊的是,那一年
我们怎么现身在罕有人迹的山峰,
那山路泥泞,甚至没有路。
我只记得山上很冷,冷杉在风中
游荡,而你反戴帽子,
与天空保持一种严厉的斜度。

一切就像在瞬间流逝,只有沙漠
在检验一个旅者的足迹。而我
还要多走一些路,多储存一些盐
和词句。我们在兰州的大街上
快步行走,在黄河边倾听
水流的回声,一条光的轴带
缓缓而至。出于敬仰,我们席地而坐,
看灯光透过流水,向前拖曳着图像与飞沫。

2020 年 11 月 28 日

我们曾以海为题

——悼江一郎

那年秋天,我们在玉环的山坡上
看大海无休无止的波浪。
那个下午,波浪一直在击打礁石,
而礁石仿佛在海水之间跳舞。
不知谁提议写一首关于大海的诗:
"如果大海收回所有的水",
这样的题目足以吓人一跳,
但那个时候我们乐意展开想象。
伤水与杨邪同意以海为题,
你们的妻子也赞许有加。

去年春天,听到你患病的消息,
想起你许多关于春天的诗歌,
为了让我们相信,即使春天没到,
春的信使也已经在路上了。
好诗人该赞美春天,你做到了。
今年我也开始写春天,写一首回忆

或祈福之诗,但我的诗行之中
绿树未能成行,枯枝也没能发芽,
最终还是半途而废。

你没能安然度过今年春天。
再去温岭,因为少了故友
不愿逗留,但你的妻子来车站接我
并送我。她太瘦了!
我愿她不要过分悲痛,可她止不住流泪。
我还能怎么说?我祝愿她快乐!
而友人聚谈畅饮,少你一人,
少了无穷滋味,你必定寂寞,
我也落寞。好在记忆中的你,
依然善良风趣。好朋友,谢谢你!

2018 年 9 月 12 日

以西塞娜之名
——悼沈泽宜先生

为什么这样地来去匆匆
西塞娜,为什么要一去不返
我们相识了如同陌路
世界从没有因我们而存在
　　　　　——沈泽宜

西塞娜,你婀娜如歌的身影,
你清澈眼眸中的雪花。你的红唇。
你江南细雨中的燕子,你的故乡。
你让他心碎的屋檐!
你这唯一的证人,他千百次描摹你,
为你歌唱,你却从不开口说话。

西塞娜,你甜美却有毒的空气!
你独自一个人的车站,
空中飘荡着无声的哀歌。
没有相匹配的爱,他依然相信

"永恒的女性在引领我们上升。"
但他衰落,从一个囚牢坠入另一个囚牢。

仿佛生来就是一无所有,
他说"是时候了",但人们都装作没听见。
他需要变得温和有礼,
怀着巨大的温柔,与陌路人相遇。
年轻的心使他看起来像个罪人,
当他从囚室出来,却找不到亲人和手稿。

西塞娜,你听过他凄厉的哭声。
你曾经是一棵树,一只小鸟,
他苦苦寻觅你,设想你的家乡
在西塞山前的广漠水陆地区。
但你不止一次死去。你死去,
他又让你活过来。西塞娜,
他只有你,他的学生都回家了。

你像一盏灯让他的黑夜渴饮,
像荒漠中一棵金色的苹果树
伸展枝叶,与他在斜阳下并立。
他终于离世了,西塞娜,

请把你的爱情和痛苦也洒到纸上。
一个永不磨蚀热情的游子,
他的全部努力都是为了你的重生,
都是为了你啊,西塞娜!

        2016 年 1 月 28 日

夜饮

——赠东君

台风之夜,千里以内的风向标
已被摧毁,除了最低矮的那一只,
一半叶片埋在泥土里,
像被冻住的手指。除了
最小的那一只,倾倒式的斜度,
让它过早失去了灵敏。

我们饮下烈酒,感受加倍的晕眩。
忘却从屋顶翻滚而过的庞然大物。
那是鲇鱼的运动,在黏质的辉煌中。
在一座座高楼和雕像的弯曲中。
仿佛一个弃置的砚台,
人们从中寻找一小片光亮
——我没有找到。那怪物
并没有一对俊俏的翅膀。

你以某年某月某先生的呵气

体验倾斜的道路,想在一个雨天
骑马去拜客,但你的飞蝇症在逼迫你
放慢幻想的速度。这是我们所爱之物
在要求我们付出代价。
有人已先一步到达。

"没有经历过真正的仇恨,
就不懂得什么是黑暗"
我不知道这是经由怎么样的人生
才有的体会。而仅仅是飞蝇症
就足以让人疑惑:
无处不在的蚊蝇,黑色的飞行物
带来的黑色的曲线。顽固的
黑色的根芽,源源不断
给影子提供生命,也被分派给我们。

当夏天的羞辱也已经入秋,
我们安置好幻觉中的马,
给它一个会开花的马厩。而在这个小城
所有建筑物都像一座孤岛。
每个人都是一座孤岛。
或者,我们看到的只是假象:

今夜,风是静止的,是建筑物
在绕圈,是我们自己在摇晃,
闭着眼一次次快步跳跃……

不如在一个雨天骑马去拜客,
不如随风而下,租一间石屋作书房,
要唱,也是与暮蝉同唱,
或者跟随一支炽热的木笛,
只是吹奏,不提问,不燃烧。
只是用低低的沙音,
推动黑夜里的光线。

而一匹几乎透明的马,
沿着强风合成的道路,踩着落叶
朝你走来。你眨着眼睛
寻找亚洪、良好、吉敏、嘉丽,
若有若无的飞蝇,舞动若有若无的翅膀,
眼疾,终于让世界有了真实的样子:
所有窗户都闭紧。一些树木
被强风驱赶,已无法辨识。

2016 年 9 月 29 日

夜归

夜色中,我越走越慢,
路边的树和植物藏起了叶子,
我认不出它们。而早些时候
我曾试图记住它们的名字。
重归寂静的一天。
猎猎轻风拂过我的脸颊,
眼中的帆影也已回到大海。
沉寂的爱只剩一些秘密的记忆:
在远山黛青色的温柔中,
在两颗沉溺于远古光芒的星星之间,
一架呼叫的秋千停下了。

2017年3月7日

1986年夏天的某个夜晚

一

尘土飞扬的江边小路,没有记忆,
唯有昔日故友认出我:
一个曾被写在某封旧信上的
卑微的名字,像一个远方的故事。
一件充满声响的红色连衣裙
如今不知在何处,忍受着
日复一日的褪色:某个夜晚

我们内心荒芜,对待自己
如痴情的恋人。我们四人
在江边并肩滑行
有时是我快一点,赶上来的另一个
希望只有我与他在途中
而落后的两位
想着怎么去阻止。

那另外的行星,始终在我们心中

狂野驰骋。而错觉
让人对着江水写下
永不会发生的幻境。
我们身在何处？你在何处？
这难以辨析的含义
让遍地的灌木尝试着开花。

我们搜寻一些不着边际的话题，
偶尔也会谈到一只搁浅的船
和藏在暗处的什么。但是月亮
很快就回到江岸边的
滩涂上。

我的红色连衣裙在自行车轮子上飞舞
一度像黑夜里的霓虹。
我偶尔用手压一压飞得过高的
裙角，暗叹一路的流水
把我引向不可知的命运。

仿佛随身带着魔咒，我们一直在
错位，并给更早的错位以补偿。
但我们不忘赞叹：

那失修的船坞古老的
前身;构成一幅图画的
稍纵即逝的波纹……

二

那时候,我们的信件
都谈了些什么?
缀着浅浅花色底纹的信笺,
自由与牢笼,都以小楷写成,
我被称为"凌云兄",
我们只谈理想与文学。那些简朴的
信的呼吸,早已归于寂静。

我们之中,没有人真正体会到
发自内心的战栗,
只是不想独自一人
度过每一个不值得记忆的日子;
只是让一些词语相依;
而现在,住在心里的怪兽
一定也已经垂垂老去。

过了三十年,这些片段

被拼缀出来,但我已不想知道
彼处的急雨或涡流。
唯有那故友记得:
"他们当年穿着大地牌风衣,
谈着大仲马或者《黑郁金香》
用略带干裂的嘴唇……"

三
那个夜晚,我们听完一节文学课,
我要回工厂的集体宿舍,
三人陪我经过可怖的礁石弯。
我们的自行车像是在游弋:
有人在尝试最缓慢的骑行;
有人玩让一只轮子静止的游戏,
把碎石碾压得沙沙作响。

那是1986年夏天的一个夜晚,
我们在飞云江边留下行迹。
路上没有灯,只有月亮
给我们的眼睛投射反光。
一路上,我们没有看到一只鼹鼠
或黑色闪电一样

突然窜出的水獭。

全部过程就是如此。
一个近乎荒谬的记忆
如生命中的一道暗影闪过。
我也没有错失什么,只是
整晚听着一个遥远的嗓音在唱,
她一次次唱着关于"褪色"的歌,
反复喊出"你只是虚幻的吗?"

终于,我放下写到一半的诗行
冒雨到楼下的空地上奔走,
每小时六公里的速度
刚好让心跳加快,微微出汗。
在一天即将结束时,一个卸下记忆的
女人,从浴室里出来
裸身站在一面大镜子前,
那满身发光的水珠——致命的
新的荒芜,就要湮没她。

2016 年 9 月 3—7 日

第四辑

在广袤而无言的穹隆下

草原上的格桑花

黑夜里的星星为什么闪烁
歌唱的嘴唇为什么吐出花瓣
相爱的人为什么用耳语
爱过以后,恋人的眼睛
为什么那么安静——

明明在欢笑,却又热泪奔涌。
草原上,是谁在唱响:伊啦啦——依拉哩
是谁遗失的一声声轻唤进入我的睡梦
她的红裙子她的黄裙子,
多年前的那一轮落日啊——

>   2019 年 8 月 13 日

刚察草原上空的鹰

那天我抬头,看到一只鹰,
一个被施了魔法的灵魂,一个
开启者,在高空俯瞰着我。

我说,我孤独。它将我的话一饮而尽。
我说,我害怕再也找不到我的家园。
它说,别忘了你的选择:

飞行才是你的全部生命。
高空才是你的家。

——我不可能飞那么高,我的身体
失重,我看到了一滴水中的壮阔。

——我已无力走得更远,我看到了
不可企及的湛蓝,一种辉煌的空
在无言的世界,擦拭着它的刀锋。

2019 年 8 月 14 日

我隔壁的白牡丹睡着了

在达玉部落的蓝色小屋,
想一朵花开,想一株草结籽,
被施过咒语的披肩悄悄搭起小帐篷。
他的白牡丹就住在我隔壁。

那是八月的一天,草原上
开满了紫色的蜜罐罐花,我尝过那花瓣,
是孩童时糖果的味道,那七彩的格桑花
是我被时光遗忘的裙子。

我请其中一朵跟随我流浪,
但她更愿意是个谜。顺着雪线,
我去寻觅那可爱的另一朵,
可我隔壁的白牡丹已经睡着了。

2019 年 8 月 20 日

草原上,九位缪斯女神

草原上,九位发束金带的女神,
与我同享一轮明月,九位
守护赫利孔山泉水的女神,
出现在空荡荡的草原上。谷地的河流
与歌声交织。璀璨啊,那让灵魂
飘逸而出的歌声,从细雨飘飞的江南,
到西疆隆起的冰雪,
给予我们无限幽远的远方。
她们手持长笛与花篮,牧杖与铃鼓,
埋葬鹰的尸体。她们坐着木船,半浮着
给迷途者领航,领大小熊星走向彼岸。

2019 年 12 月 19 日

十万亩青稞在风中舞蹈

风中,狮子的呼吸在翻弄垄沟,
龙的声音在啸吟,鹿角
带着警醒的暮色飞奔,
像一个失爱者,从飞天一跃中,
从一个地动山摇的沉吟中
回到缔造者的静穆。

高车的轮毂追赶渐行渐远的落日,
峰顶的沉默如陨石。
而一阵飞驰的电音
从一个十六岁的少年手里飞出。
一万匹奔马从不绝的口哨里
发出轻快悦耳的蹄音,
十万亩青稞在风中舞蹈——

大地永远的乐手,不倦的
吹奏者,何等雄浑的低吼
将我们的肩胛骨打开,

一阵酸痛从臂膀
进入胸膛,到达双脚,
止不住的泪水倾泻而出。

让我们就这样回到一个孩子的身体,
回到睡梦中的婴儿散发出的呓语。
我们曾那样晕眩,成长为父亲母亲,
而现在我那么渴望
在一个巨人古铜色的腋下……

我雪山之麓的铜锣钹,
我高高举起的风铃啊……

2019 年 9 月 19 日

要么是沙棘果,要么是沙枣

从冰天雪地的一角,
给我穹庐下持久的凝视,让我看到;
给我爱的言辞,被另外的人说着——

让我尽享单个词语的甘甜,
也要我尝遍不能张口的酸涩——

荒漠的叹息,可抚摸的岩浆——
就这样,要么是沙棘果,要么是沙枣……

2019 年 12 月 16 日

绿海上的多罗姆女神

那么,我将分享你冰山台阶积雪的清芳。
我将逐年默诵你飘挂在牛角的诗教。
　　　　　　　　　　——昌耀

我在一滴泪中寻找你的雪山
你所有的河床所有积雪的台阶。
你清朗的美目,神威万千的大耳环。
我在锥形屋顶的圣殿,辨认
你母性的慈悲,你的无上之美!

你每日的青翠,消除我心中的恐惧。
以最大的善意庇护我们的困苦,
让纤弱的茎的顶端,结出果实。
你落霞与孤鹜齐飞的七彩重裙,
全身绿色朝向默默祝颂之人。

你手持乌巴拉花,透过岩层倾听我们。
随时看顾我们的第三只眼睛,

以不可思议的力赶走噩梦。
给我们开放的花朵,还给我们
迎风而立的未开之花蕾。

你深谙飘挂在牛角的诗教的多罗姆女神!
我绿海上温润明净赤脚舞蹈的多罗姆女神!

        2019 年 10 月 13 日

马与骑手

在西部草原,我见到了几匹马,
它迷离的眼睛让我心跳加速。
而我无人可以倾诉:我喜欢它很多年了。
它安静时把头偏向一边的样子,
奔跑时扬起的蹄,风中飞舞的鬃毛
穿过一个诗人诗歌中的波浪线。

好像只有一条道路,它总是
一路往西而去。总是扬起马蹄奔跑。
它们都有憨敦敦的可爱骑手。
如果有一天我也跨上马背,
如果有一天我与它也能亲密相处……

一匹马,此刻就在三米之外。
当我蹑足靠近,倾听它的呼吸,
一位古铜色皮肤的少年骑手向我走来,
他好心邀请我上马。他脸上

的雀斑,如穿过雪域的日光之舞,
我犹豫片刻,最终,我请求他替我一跃。

        2019 年 10 月 14 日

一个人的柯柯站

从西宁到格尔木,你坐车经过柯柯站。
一个三等站,建于 1979 年,那一年
我刚满十四岁,即将开始
以自由为名的漫长抗争。那一年
我憔悴不堪,却以为就要告别黑暗。
我不知道,遥远的地方有一个柯柯站。
一个三等站,较少人与货物经过的
小站。入冬的柯柯站,
站台上今夜只有一个人。
没有同行者。在柯柯站
只有一个人,站在夜色中。
我的患有心绞痛的朋友,
你看到了这一切,时间曾静止:
一个人,一道暗影,顷刻间
我们就成为对方的微小物质。
我不知为何也要经过一个人的柯柯站,
一个三等站,建于 1979 年,

那一年,我刚满十四岁
就置身于荒漠之中。

                        2019 年 11 月 3 日

在金银滩

青草滴下的露水,流成长河,
飞鸟扇一扇翅膀,就到了彼岸。
牧羊人骑上他的骏马,在高高的
坡地,放牧他心爱的羊群。

草地上的阳光流得缓慢,心变成了女孩。
我对自己的迷醉不知怎么办。
那个多年前在草原歌唱的人
会不会也换了一副面孔?

我在人群中听着,只怕
漏掉了一个音符。我久久地流连,
顺着笛音,追随一只热爱流浪的小羊。
我们都只有一种天赋——我沉迷
它将对我说话。

2019 年 8 月 19 日

半个月亮

隔着半个月亮,隔着神奇的槐树枝,
你对我说话。那树叶点头又摇头,
说着我们之间如水的边界。

那艰难的通道。让我们
献出所有发光的词,直到我们
变成两个孤单无名的小黑点。

恰恰古玛纵情欢笑,恰恰古玛默默泪流。
我们的脸仰着,手指像濡湿的树枝
在微光中搜索那轰响着的
半个月亮。

2019 年 9 月 11 日

锅庄舞

从一堆篝火旁,流水一样的人
甩着长袖逶迤而行,她们拉手扶肩,
甩动的手臂,从虚空中一次次
撩起,用尽自身的魔法
在高地上挖一口耀眼的井。

她们的手,隔着一堆篝火
寻找我远方的姐妹。从一个个转身的
瞬间,从古墓彩陶盆最原始的舞蹈图,
我读这天地之间最美的盟誓,
最原始的图腾。那令我们不解的事物
依然在迷惑我们。我穿黑衣的兄弟……

带着飞禽走兽而舞,仿佛人神合一而舞,
如此我中有你,你中有我;
如此取悦鬼神,祈求人间;
在世界之巅,用石头围起炉灶,
就这样连臂踏歌,围火而舞,

就这样跨腿腾空,进入无穷。

我们在同一个空间,唱着:呀,呀。

而有人在点步转圈,她就要展翅起飞。

        2019 年 8 月 21 日

在塔尔寺

我一路跟随那些磕长头的人,
想让自己的身心也紧贴地面。
我听不见他们口中默念的话语,
却与这些匍匐在地的人
有一种说不清的亲缘。

有人安静如神,有人压低了声音
说出祈愿。就在一个偏殿门口
几个年轻的僧侣齐声唱起梵音,
我离得那么近,仿佛不用多说一句话,
他们就明白一个即将耗尽之人的悲苦。

在人群中言辞困难,在泥塑的
佛像前,却忽然泪流不止。一粒微尘
也有渴望飞翔的梦境。请允许
高空的光缓缓来到低处,请
再赐我一对洁白的翅膀,
让一切都不会太迟。

2019 年 8 月 22 日

在哈尔盖遇见羚羊

这是一个刮起大风的盛夏,
我们穿过大片草地,站在塬上,
那时我们还笑得羞怯,
而草地上的蜜罐罐花
已织成一片紫色的网,
几只大黄蜂贴着直立的花瓣飞舞。
隔着防护网,我看见了
那飞快跳动的浅棕色身影,
像一道道箭镞,把绿色的草地推动。
绿色之中一抹可爱的黄色,
娇美而清澈,可繁育出更多
清晨与黄昏,彩虹与褐色石块,
直到它们把我带到一个不可知的
河流边,扫除我心中多年的阴霾。

如今我看到了梦中所见,
我盼望着能安静下来,
而我听过人们谈论它们致命的消失。

那几乎贴近嫩绿草尖的
害羞的腹部,浅黄色的火焰
自由地起伏,胀满又吸收,
它们或许感觉到了远处惊奇的眼睛
更快地跳跃。那个早晨
那些精灵,真的离我们不远,
我一次次想起,那忽闪的身影,
给它唱绕口的赞美诗,它如果知道
我仍有柔情,一定也对我好奇。

2019 年 8 月 12 日

兀鹰是另一种天使

在高空盘旋,时而扶摇直上,
展开的两翼,驭着风。

在灰色或暗灰色的高崖上,
在绝壁,俯瞰
那一次次暗中喊痛的躯体。

一切肉身的悲哀,一切朽败,
最后那一声绝望的低号。
那长歌与秘境,早已被梦见——

兀鹰是另一种天使,早晨的霞光
也喟叹它的锦羽。而运动的峰顶
从天幕下浮出,

如一个冷酷的王,携带腐熟了的
牺牲品。我看着这零星的光敲打
这孤寂了千年的旷野——

这怅望草庐旁野火的鹰眼
这冰雪垒高的盐质的银河——

请在你崖畔的餐桌旁
掀开汹涌的黑色幕帘之一角，
给赤裸的无名之物点一盏灯。

2019 年 9 月 24 日

西疆一角

> 看我旷原之野!
> ——昌耀

这样的大地一角,被热烈的爱
抒写过,被充血的喉咙,
被发黑的沙土,被夜以继日
飞驰着赶来的飞雪讴歌过。

刮过昆仑山脉的风,
已越过山脊,在银白色的
块状棱角线上,
第一层积雪已铺上一半。

胡杨与芦苇在无声啸傲,
藏起壮美之姿的砾石
随便堆在一旁,守护
这"万物的纵横沟通"。

这样的大地一角,难以用新的诗行
写下。难以金黄,难以葱绿。
难以使密林奔涌。只有被积雪
均匀铺就的半明半暗。

恍如天边,又像就在眼前。
心中袅袅升起的摇篮曲
在高高的雪峰与芨芨草之间流淌。
这样的大地一角,如果有歌声,
一定是我失散多年的兄弟
在跋涉途中,飘发咧嘴,流泪放歌。

2019 年 11 月 4 日

从音乐纪念馆出来

从音乐纪念馆出来
我们在散发寒意的石阶就坐,
不再说话。无声的世界,
砂砾开始滑动。
一朵可爱的玫瑰花收拢了。

给我们欢乐,与带荆棘的荒地。
流沙与鸟鸣默默汇进河流。
给我们黑夜中带露的青草,
给我们光秃秃的脊背
以粉色的翅膀,诱唤一只
深藏在体内的蝴蝶。

让我起舞,吟唱,即使声音嘶哑
也在所不惜。让我徜徉在
永不停歇的河流,那是我
另一条母亲河,在我漂泊无定时,

让灵魂变得轻盈。就像此刻,

我飞离——我已回到我们中间。

                              2020 年 8 月 17 日

祁连山脉上的众神①

从海拔两千六百米的河谷川地,
依次往上,是海拔三千多米的
矮草草甸。四千米以上是冰雪带。
植被从下到上,由白杨、青杨、白桦、
青海云杉、祁连圆柏、雪松组成。
一个大家庭,林地中站着
长芒草、紫花针茅、金露梅、杜鹃。
这里也是飞禽走兽的家园,
野牦牛、野驴、岩羊、黄羊、
马鹿、黑熊、雪豹、
猞猁、红狐、雪鸡,智慧的脚步如松涛。
洗澡时露出浑身枪伤的人。上甘岭的
英雄连长。部队中的手枪教官。
穿黑衣的穿灰衣的劳作的人。
脸色蜡黄淌着虚汗,背着粪肥的人。

---

① 诗中地貌、植物、动物资料以及人物特性,均录自燎原《昌耀评传》。

得到接纳而几欲温暖流泪的人。
早来的冰雪压盖住的麦子。
浆汁无法灌满,籽粒干瘪的麦子。
一个二十二岁的新垦地的磨镰人,
沉重的步履和着从皮肉中榨出的
脂肪黏汁与汗滴,注入
被他期待着嘉禾的土壤。
一个二十二岁的新垦地的诗人
在喷火的化铁炉前弯下身躯,
却留下痛苦与讴歌混于一体的表情。
一个二十二岁的诗人埋头抄录:
"我的大地,我的茅屋,我的炉灶;
把我锻炼成人的我的时代……我理解了
人类成为命运主宰的那种渴望。"

2019 年 11 月 6 日

最后的银峰①
——致昌耀

一

我梦中渴念的旷野,铿亮而高远
美而无畏。让人只想奔跑
或者在草地上静静卧倒,
可在我到达之前,
这泥土与岩层,像已背负了太多。

它的广漠,无言而执拗。
你这在寒冷的高崖款款奏响的
"岁月有意孕成的一片琴键",
在钢铁厂的化铁炉前
弯下身躯的九十度鞠躬。

二

你这多情的诗人,称自己为

---

① 引号中诗句均来自昌耀诗歌。

一尊弯向喷火的出口的
弯弯的活祭品。
那没有成熟的铁之罪,
让多少人黯然垂泪。

随着煤粉、铁屑、浓烟而来的
灼烧肺腑的红色火焰,
让你成为厚重的黑色钢铁的
追求者,成为爱得最深的那个
带着执着梦眼的人。

三

因热病而消瘦,因默寂
而开启,而渴求一株幼苗的吐诉。
你这以掌代步、伏藏在地
还要盖上荒草的人,
每一步都带着隐形的硪石。

你理解这生命本性先天的沉重,
趔趄着,在深渊边缘行走,
却庆幸并没有死。
只因没有死,所以深情

唱出高过峨日朵之雪的颂歌。

四

你这喜欢在山脚久久望山的人,
任由高远的峰顶把一个人变成囚徒。
顺着银色的峰顶,经过雪洗的风
吹拂过兽毛,也吹拂
你温柔的诗之教养。

这超越了痛苦的遗产,被称颂为
理想者的排箫。燃烧的野火
进入呼喊的河流。这圣洁
而多辛劳的长长的雪线,倾尽所有
照亮你生命中的暗影。

五

就像在母亲的摇篮里,一颗奇特的
种子,在体内缓慢活动。
从化雪的春天,从女地质勘探队员
投入宇宙的情影。他人无法想象的彼岸
迫使你请薄暮中的美开口说话。

我曾从发黄的诗行中寻找
传说中天鹅的粉颈,星光下的白鹿,
就这样贸然进入另一个人的遗产。
你选择了这里。而谁会猜度
那远处的山峰,已被称为"最后的银峰"。

六
这是你最后的银峰,也是我——
一个身处江南的诗人朝北的凝望中
兀自张灯结彩、且歌且哭
——你小心翼翼探出前额的银峰。

这悲怆与激越的生命,
为水纹中薄薄的苔丝而动情。
以最后的银峰和沙丘中的芦苇
支撑两肋。这难以解答的人生,
从一个逃避命运的少年,
不朽的荒原露出它"柔柔的胎毛",

露出奇怪的红色篱桩。所有音律
都在雕塑这渴饮的喉咙。而世界
以你的欢唱与悲歌为轴,

一种美,竟在几种泪水中殊途同归。

七

以暗自密语走过凶年,双重的饥馑
曾让你在草地恍惚入睡。
只有一支弯曲的银杉,向你证实
失去疼痛的母亲的山河,依然可爱。
只有山顶的鹰,在夜深人静时
安慰一个孤独之人的流浪。

我致敬这高贵的泥足,
"破卵而出"的直耕。如鼓的
畅游与到达。你的众神来敲门,
你的众神,千百万的脚步
再度开始远征。多么壮阔!

八

你银色的大河,你两岸的青稞、
燕麦与油菜花,你的十二肖兽
在最前沿静静驻守。无论
严寒或酷暑,永远的初生之犊
始终探出一对骄傲的犄角。

在彤云低垂的天幕下
你召集一百头雄牛。悲壮的
血酒,悲壮的大地。
那威猛与红色,激越而忧郁。
那俏丽欢乐,却无法释怀的
春雨中的江南啊!那只能在无声中
自我析解的血红的玫瑰!

九

而你迎来最终的白色沙漠,
野语的山魈与你一起享用晚餐,
不会唱歌的鸟儿,告诉你
正在失去一些什么。可有什么
比得上一首可让你枕席的诗歌?

当幸福的四季在诗行中同时出现,
你独步荒甸,在大河两岸
美得"乱爆电火花"。这拼尽全力的
长跑,向着挂在羊角的奇特的诗教。
而我,一个敬仰者,多年以后
披着天光顺着大河行走,我看见前方
柔软而冰凉的新月,飘逸而高扬。

十

我向最后的银峰低声说出我的欠债。
我看到一只雏鸟,在无人时振翅一飞。
那致命的蓝色,在天上地上
都打着深深浅浅的旋儿,
在每一片白色的虚空中繁衍。

这海一样的大湖,"不朽的荒原",
难以描述的寂静的暗夜,
高空下神秘的五色经幡——
依照你的指引,我在恍惚中
辨认那行姿奇特的众神。

十一

我辨认这长风呼啸而过的大河。
金黄色油菜花在岸边疯长的大河。
这在幼年就奋力朝向太阳的
头颅,终于赶在最后的银湖
冰封之前到达。

拥有嘲笑与冷眼,拥有少年时
永久留存的羞愧的记忆,
这最后的银峰,因不化的白雪,

早已成为饥馑之人
永久的故乡。

十二
而我好像听到来自远方的
牧笛。在这广袤而无言的
穹隆下,我也是一个
幼年就离家出走的孤儿啊!

自由与恐惧,快乐与忧伤,
也都曾似雪片袭来。如今我以一个
听到吟唤的后来者,以你
"空位的悲哀",默悼一位诗之壮士。

你最后的银峰,每一道光华
如火花对铸铁的追步。你以独特的
诗教昭示我们。而我们
倾情豪饮——在你的谷地里,
是无言的负累者,是牛羊与马群,
是生之光华,是远行者眼底
永远的洁白与幽兰。

2019 年 10 月 26 日—11 月 9 日

附录

诚实是唯一的武器——对话池凌云[①]

纪梅: 我还清晰记得六年前在开封与您见面的情形。晚餐时诗人们朗诵诗歌,我朗诵您的《黄昏之晦暗》:"总有一天,我将放下笔/开始缓慢的散步。你能想象/我平静的脚步略带悲伤。那时/我已对我享用的一切付了账/不再惶然。……"此刻我忍不住多引述几句:"我不是一个逃难者/也没有可以提起的荣耀/我只是让一切图景到来:/一棵杉树,和一棵/菩提树。我默默记下/伟大心灵的广漠。无名生命的/倦怠。死去的愿望的静谧。"朗诵时我深深为这首诗的语调和节奏所着迷。今天再读,我意识到,或许是一种属于"晚年"的智慧和神秘感——就如老歌德说的"我们要在老年的岁月里变得神秘"——赋予了这首诗动人的声调。虽然写下这首诗歌的时候您刚刚步

---

① 原刊《诗歌世界》2016 年第 2 期,对谈时间为 2016 年 6 月。

入中年。当然这种与实际年龄的不协同在一个诗人身上是正常的:这是阅读和写作的馈赠,是"生活在多重时代"的结果。用这首诗中的一个概念说,《黄昏之晦暗》是一首"缓慢的散步"的作品。"散步"也是这首诗让我注意到的第一个关键词。我后来发现,就在一周前写的另一首诗《雅克的迦可琳眼泪》中您也写到了"散步":"遥远的雅克的迦可琳/这就是一切。悲伤始终是/成熟生命的散步。"我们知道,"散步"这种缓慢的、平静的行走适宜观察和思考,这个词在此或许同时隐喻着对生活的观察、对生命的体验以及写作的过程。同时,只有"缓慢的散步"才能产生回顾过往的感慨:"那时/我已对我享用的一切付了账/不再惶然。""散步"一词还让我想起宗白华先生的文章《美学散步》,他在其中引述了莱辛对希腊雕塑作品"拉奥孔"的评价。在精神和肉体都陷入莫大的悲愤和痛苦时,拉奥孔的面孔却表现为微呻而不是狂吼,这被莱辛解释为雕塑家"在所假定的肉体的巨大痛苦情况下企图实现最高的美"。《黄昏之晦暗》同样具有这种美。它在平静和从容中蕴集着深厚、宽广和驳杂的经验——而"悲伤""惶然""广漠"等词暗示了这种经验不乏痛苦和晦暗。您当时写作这首诗的时候,是否也是有意识地将痛苦和晦暗的经验统一于"美"的声调和画面之中?"美",就像亚当·扎加耶夫斯基说的,在某些国家"是一个特殊的问题"。而我们正处于他所说的范畴之内。在献给茨维塔耶娃的诗歌《不是火灾,是深渊》中您曾写到"巨大而艰难的美"。这是否代表了您对"美"的理解?

池凌云:那是一次美好的聚会。您那天朗诵的神情,让我印象深刻,相信在场的很多人都会有翩若惊鸿的感觉。您提到的《黄昏之晦暗》与《雅克的迦可琳眼泪》写于2010年,那一年我写得比较多。写作的时间久了,每一个诗人都会有自己的语调与节奏,不管是哪种风格和题材,诗人最终都会有自己的"口音"。您刚才提到的诗歌,也是我一贯的语调。我还有另一些看上去风格不同的诗歌,比如《一朵焰的艰难》《让枯萎长高一点》这一类,表面上好像语言方式不同了,但还是我自己的语调。关于诗歌的语调和节奏,我喜欢带一点点沉稳的低音,高音和激越的节奏应该是年轻时候的音调,人到中年,一些话语已经不那么容易脱口而出了,说话的对象也不一样,甚至不愿意多说。生活中我们也遭遇过很多无效的语言,失声的语言,虚弱的低语,无奈的哑默,在这样的语境下,写下的诗歌不可能有太多高音了。歌德说"我们要在老年的岁月里变得神秘",其实于我而言,不是要去"变得"神秘,而是很多时候的无法言说、删减、哑默带来的一些改变。"悲伤始终是/成熟生命的散步。"这是接纳了生活的赠予的某种状态。我在生活中见过很多这样的人。人的一生所能做的很有限,我们能用于奋斗的生命也很有限,去努力,去承受,最终实现了什么,那就不是自己所能选择的了。磨难往往会让人哑默,那些生活过得不好的人,他们很早就已无语。磨难会销蚀人的力气,让他连吼一声的力气都没有。对于声调和画面,我有自己的偏好:低处的声音,甚至是水下的声音。我一直认为,好的写作不应该只是高声谈论自己,过度宣泄铺张的情感。那些被抑制之后、压抑之后发出来的声音,那些弱的、节制的声音,更值得用心去聆听。

我没有刻意在诗歌中塑造美的画面和声调,我喜欢真实、真诚、虔诚,哪怕文字最终显露出稍稍带有复杂甚至晦涩的声音和面貌。但任何时候,我希望自己永远不要放弃对美的信念,可能是这种隐藏在文字背后的信念,让你感觉到"将痛苦和晦暗的经验统一于'美'的声调和画面之中"。诗歌是最能体现作者心性的文体,装不了,也假不了,是什么样的人,最终诗歌都会展示出来。您所说的"美的声调与画面",是我多年以来的一种追求。而美是艰难的,所以"悲伤""惶然""广漠"也在所难免。

"在一百年之后/你仍属于你——巨大而艰难的美。"这是我献给茨维塔耶娃的一首诗中的句子,对她诗人品格的赞颂,对她所受苦难的感同身受,对她的诗的热爱,我只写出了一点点感受。所有给予我们艺术和精神滋养的人,总是以不同方式告诉我们生命之美的存在,我会一直去靠近、去学习,以免我们成为一个个不同名字的深渊中的"孤儿"。

纪梅:米沃什把诗歌定义为"对真实的热情追求"(《诗的见证》)。他的同胞,即认为美"是一个特殊的问题"的扎加耶夫斯基,在"捍卫热情"时不忘提醒人们:"我们必须防范修辞,有些本来值得称道的人就成为了它的猎物。"他还说,"向'高度'的远征应在个人诚实的状态下进行。"(《捍卫热情》)您的诗歌也多次出现对"诚实"和

"真实"的推崇:"……仅有一根竹竿的人,诚实是唯一的武器/以为无私的爱可以唤起人类的本性"(《圣雄甘地》),还有写给茨维塔耶娃的诗:"你用些许骸骨和诗行让他们活得真实"(《所有火焰和黑暗,所有深坑》)。在当代诗歌和诗歌批评中,美/修辞与真实的辩争关系得到了诸多探讨。您是如何看待这一问题的?

池凌云:米沃什把诗歌定义为"对真实的热情追求",是基于这样的理念:没有任何科学和哲学可以改变一个事实,也即诗人站在现实面前,这现实每日新鲜,奇迹般的复杂,源源不断。这种直接的感知的确比任何精神建构都更加真实,诗人的所有文字都与对现实的真实感知有关,这是创作的源头。任何文字,如果没有了真实的生活体验作为基础,都难免凌空虚蹈,植根于真实的土壤和情感写下的文字,才有生命力。扎加耶夫斯基的这番话,也是对过度使用修辞的一种提醒。诗歌中的修辞应该遵循一首诗内在的需要,与整首诗形成一个生命体,离开这个生命体的可有可无的虚浮的修辞,只能是一个物件上的散沙,随时都会被抖落。"美/修辞与真实的辩争关系",这句话其实也可以理解成一种对诗艺的探讨。关于诗艺,我在一篇文章中说过,所有诗艺都必须有通向自身血脉的根。诗艺就像一棵树的枝杈,我们需要茂盛的枝杈、风中摇曳的叶片,但根须还要向下,深深扎进泥土。

纪梅:《黄昏之晦暗》第二个引起我注意的关键词是"悲伤",并且是"略带悲伤":这是隐忍的、内敛的、含蓄的悲伤,以及对悲伤节制的表达。后来我发现,您的很多诗歌都明显地有着"哀歌"的气质,呈现出悲伤、怜悯和隐忍的语调。那是一种"黄昏"的声音,如同废墟之上的"安魂曲"。正是这种"压低了嗓音的吟唱"使人联想到俄罗斯白银时代的阿赫玛托娃。您在诗歌中也多次提及阿赫玛托娃和茨维塔耶娃,亲切地称她们为"姐妹"。这两位碰巧也是我所喜爱的诗人。能具体谈谈您和她们的亲缘关系吗?您最初将她们引入您的诗中,是出于同为女性诗人的情感亲密,还是考虑到因为彼此生活经验的近似而形成的互文性的修辞策略?

池凌云:诗歌中的哀伤气质是性格的原因,也是生活经验的根源。一个快乐的人装成忧伤毫无必要,一个心有悲伤的人,无法只唱欢乐的歌。我是个对悲伤比较敏感的人,生活中的熟人有不幸的事,我也会受感染,去医院看到血,我会双脚发软。看到别人流泪,我会难过,甚至也流泪,我属于泪点比较低的人。一次得知一个朋友两个月内失去双亲,与她通电话时,她说父母不在了,现在回老家,第一眼看到的是门上的一把锁,然后两个人都哭。这也是我性格中比较软弱的部分吧。生活中总是有各种让人伤感的事物。我是从农村成长起来的人,哪怕我自己没有受过多少苦,但我对贫瘠、饥饿、隐忍、洒落进土地的汗水、收成这些词还是有感受,它们让我动心。

但即使有悲伤的感受,我也不想让它过于铺张。我们的父辈一直朴素隐忍地生活,我也在向他们学习。靠近他们的抒写,也是一种内心的需要。

如果我的诗表达比较节制,那也是多年来诗歌训练的结果,好多时候看似节制的表达,恰恰能帮助你到达你想要到达的地方。激烈、激情是一种手段,节制、含蓄也是一种手段,节制而又饱满,我喜欢这样的效果。适当的谦逊,对学习和写作都是一件好事。我们平时说话也不会把话说满了,说绝了,除非是比较特别的时候。我也有用词比较狠的时候,但我不喜欢往死里写。比如写绝望,我会力求死而复生。"一颗碎成两瓣的珠子能愈合。/如不能依靠它,我最终也能独自完成。"这是我的诗歌《手珠》里的句子。诗歌艺术也是一种发明的艺术,诗人应该是可以尝试把一颗碎成两瓣的珠子愈合的人。这也是写作的意义所在。

把俄罗斯这两位女诗人写进诗歌,纯粹出于对她们的喜爱。这么伟大的诗人,诗人中有几个会不喜欢呢?她们的人生和诗歌是世界诗歌史上凄美的传奇。包括所有伟大诗人,都是诗神给予后来者的赐福。至于生活经验,放眼国际诗坛,恐怕谁也没有与她们近似的生活经验。但好诗对读者的召唤和感染是没有国界的。

纪梅:《黄昏之晦暗》还有一个引人注目之处,即您多处使用第一人称"我"引领自白和动作,频繁到几乎每行或隔行就会出现:"我依然笨拙,不识春风";"我不知道该朝左还是朝右。我千百次/将自己唤起,仰向千百次眺望过的/天空。……"不过,如此频繁出现的自白,并未让我联想到自白派诗歌,而是感受到"晚年"回忆录式的平静和从容。这是一种因超越了性别而显露出智慧的从容。我们知道,在您之前成名的不少女诗人都明显受到自白派的影响。而您的诗歌,似乎一开始就警惕于"女性"的标签。您是如何看待自己"女性诗人"这一身份的?又是何时开始意识到需要超越这种身份的?

池凌云:自白派诗歌的几个代表性诗人我也都挺喜欢,在她们那个年代,这种带有"爆破音"式的诗歌造成了一定的冲击力,有其特殊的意义。这种诗歌还带有青春期特征的高亢音质,不是所有诗人都适用,也不是一生都适用。如果普拉斯和塞克斯顿活到晚年,不知道后期还会不会这么写。自白派诗歌的风格,在二十世纪八九十年代一些优秀的中国女诗人身上也有体现。作为女性,我的诗自然也注意表现女性独有的感受和意识。实际上,女性的共同境遇和感受作用于诗歌,成就了一种可以称之为女性诗歌的东西。但我不认为女性诗歌是一个固化的、已经完成的东西,而是一个不断的实践过程,是一个在实践中不断被超越、被丰富的东西。这也正是女性诗歌的活力所在。生硬地把诗与某些概念捆绑在一起,并不利于诗歌的成长,也不利于诗人的成长。我希望自己作为一个人写作,而不仅仅是作为一个女人写作。

我的作品中也经常出现女性的"她"。身为女人,我对女性命运有自己的体验……很多事情就发生在我自己身上。女性的无助感、无力感,使她们渴望与另一种力量相遇,或者渴望萌生另一种可能的力量。我感觉自己与她们是一体的。我对那种无助中坚韧、隐忍中滋生不竭勇气的女性心怀敬意。我看到很多女性身上都有这样的秉性,所以我写到"她"时,总是充满怜惜,对"她"说的话,也是对我自己说的。

但如果单单为了达到一种诗意的极致,去追随已经成为一种现象的"口音",甚至不惜歇斯底里地使用语言,这不是我想要的方式。而且对于女性诗人,我觉得仅仅关注性别身份是不够的,这种关注往往同时伴随对诗的减缩。一直以来,我们读诗,只是看这是好诗或是不好的诗,也不会以女性诗歌作为一种评判标准。当然,女性天生细腻、坚韧、敏感、缜密的特质,能给诗歌带来很多诗意的元素,女性天赋中具备的我不会放弃,但作为一个"人"的存在,是我时时需要面对的,也是一生需要面对的。

纪梅：您诗中经常有"旋转的碎屑""破损的乐器""破碎的愿望""瓷器破碎的声音"等破碎的意象，除了与我们所处的碎片化的分工社会相关，您的这种视角和定性还与什么独特的个人经验有关吗？

池凌云：这与写作时的心境有关，"瓷器破碎的声音"出自我的一首悼亡诗，那位去世的诗人结局很悲惨，他写过以瓷器作为隐喻的诗歌，他有所特指的"瓷器"随着梦想的破碎而破碎。我另一些有关碎屑、破损、破碎之类的词汇也是带有特定指向的一些隐喻，都需要与一首诗歌整体放在一起解读。时间的艺术，会将一些事情变得破碎，也会修正一些破损的东西。我也有许多基于赞美和温暖的诗。我希望以后有更多温暖的事物引导我，多写一些温暖的诗。

纪梅：您的自传性文章《遥寄无名》让我了解了您的成长经历，也令我对您充满深深的敬意：从物质和精神双重贫乏的乡村成长为一个优秀的诗人，仅有勤奋是不够的，还需要对艺术的领悟能力，以及不为碎屑和痛苦所摧毁的爱的能力。令人叹服的是，虽然充斥着破碎的意象和晦暗的色调,您的诗歌中更浓烈的色彩和力量仍然是爱——我想"哀歌"本身也是基于爱之切而生哀的艺术。作为与他人建立共通体的方式,爱这种能力和写作一样需要不断练习和学习。就像您在《手珠》中写到的:"教我满怀柔情/以一种我还未学会的爱。""……我相信/一颗碎成两瓣的珠子能愈合。/如不能依靠它,我最终也能独自完成。"在诗歌中我们看到您与曾经对抗的亲人达成了谅解,并给予深沉的爱:"我们从不问过错在谁,只在沉默中复原"(《那时候我们不知自己身在何处》)。似乎在您这里爱更加关乎"愈合"和"复原",犹如肢体残缺的病人带着迫切性和必需性期待能够恢复完好的状态。你还曾引述卡夫卡的一句话作为题记:"我永远得不到足够的热量,所以我燃烧——因冷而烧成灰烬。"这让我更加认为爱的愿望在您这里和写作的渴望一样出于贫乏和"饥饿"。就像燃烧是出于温暖的匮乏和需求。"这么多技艺,我只学会一样:/燃烧"(《夏天笔记》);"火焰,火焰。我唯一的养料。"(《词与词源》)燃烧:发热,生暖。这是爱的隐喻?

池凌云:"'哀歌'本身也是基于爱之切而生哀的艺术",您能这么解读我很开心。我热爱生活。我们这一代人,少年时的生活、学习环境都不是很好,只不过我选择了诗歌写作,才得以发出声音。在我这里,爱关乎"愈合"和"复原",写作也是促使爱的能力提升的劳作。勒韦尔迪说:"诗歌不仅仅是才智的表演,诗人写诗不是为了消遣,也不是给某些读者解闷。诗人的心灵充满着忧虑,他挂虑着那些不顾一切阻碍,把他的心灵与外部的可感世界联系起来的依赖关系。"他还说:"看上去最平静的诗歌,总是一种真正的心灵悲剧。"他认为诗人的任务在于从他所及的范围内闪烁着的东西中创造新的星星。这样一位创造新的星星的诗人,也隐秘地蕴藏着心灵悲剧。许多诗人都是这样。

我在诗歌中使用隐喻的时候比较多,您提到我使用的这些词,这些还是能直接产生联想的,包括其他一些词,都与爱的隐喻有关。

纪梅:我们都生长于一个米沃什所说的"小地方"。您认为这种成长环境在多大程度上影响了您以后说话的音调?在《黄昏之晦暗》中所显现的克制和内敛,以及在其他诗歌中沉入"低处"的声音,是否属于米沃什所说的"保持着一个小地方人的谨慎"?

池凌云: 我生长在一个小地方,成长环境与性格气质都会影响一个人抒写的音调。我知道小地方视野的局限,很可能会造成谨慎的个性,但我会努力去吸取好的东西。努力让自己丰富起来的方法,是对世界上未知的东西保持好奇和敬畏。在诗歌写作这条道路上,我始终有一种学习的心态,我相信这样才能走得更久。这不是保持"一个小地方人的谨慎",我不会畏惧什么东西,而是发自内心地去多了解一点,让自己丰富起来。一个志得意满、口出狂言的人不会再有大的进步,在艺术上真理在握的做法也只能把有可能增加的道路堵死。这不是我喜欢的做法。

我的父母对我也有影响,他们都是为人谦和、与世无争的人,即使受到损害,也不会跟他人争斗,而是选择忍让。

克制与内敛的反面是张扬和高调吧?张扬和高调也不是我喜欢的方式,我没有什么可以张扬和高调的话要说。我觉得一个人不能失去自省的能力、惭愧的能力,写作从某种意义上来讲就是修行。我觉得自己还远远不够,还需要增强应对生活的各种能力。一个人的精神气质决定了他写什么样的文字,这里边有生活对人的磨蚀,有个人的心灵尺度。

纪梅:在您的诗歌中,我发现几个主要的颜色:黑色、灰色、蓝色。关于黑色的诗句多得不胜枚举,它们或指向生存经验,或属于西渡先生所说的"黑暗意识"。蓝色则集中出现于 2010 和 2011 年,从《殇》《深蓝妖》到《蓝蜻蜓》和《海百合》《蓝色时期》,蓝色多与海水的意象和视觉经验有关。至于灰色,有时关乎"灰烬":"那灰烬的灰/绕过暝色四合的长廊"(《无尽塔》);"为了成为灰烬而不是灰/我盘拢双膝,却不懂如何发光。"(《夏天笔记》),有时关于灰发:"我该向灰烬致歉,我并没有存在于一小撮灰中。/我的黑发/从白灰中回来。"(《雪之女王》)"从一张折叠过的纸/从一个变小的句号,我来。你采下/它们,用枯萎的手/让收藏多年的黑发变灰。"(《在所有细节中》)因为知道您对策兰的热爱,所以"灰发"这一意象让我想起策兰的《死亡赋格》:"你灰发的舒拉密兹……"这是否属于过分联想和过度阐释?另外,您对这三种颜色的钟爱是否还有别的寓意?在《中年》一诗中有"如果起得早/我能看见远方在蓝色与灰色之间变幻"。这三种颜色是否在某种程度上代表了您在不同时期的写作风格或情绪状况?

池凌云:黑色、灰色、蓝色是我看到比较多的色彩,或者说现象。这与我站立的位置有关。有一位诗歌荣誉很多、谙熟人际关系的诗人在一个小型作品研讨会上对一位年轻女诗人说,"我就搞不明白,你们为什么写那么多哀伤绝望的诗?你们的生活不是过得好好的吗?"这位年轻的女诗人后来躲在厕所里哭了半天。她内心的忧伤、绝望那位大诗人怎么会知道。不同的人生命运写不同的诗,或许这也可以算是诗歌差异化的魅力所在吧。

当然,我的世界也有很多色彩,我在公园和一些山野也看到很多色彩绚丽的鲜花,但我最终落笔于野花,却写了这样的句子:"在冬天,河流被眼眸烧焦,/不知野花为何还在开放?/她们一次次被斩首/给她们无知的颜色抵罪。"我猜想,这不是存在于我一个人内心的秘密意象,也可能包藏了某一代人内心深处的一种记忆。

尤瑟纳尔说:"书不是生活,而是生活的灰烬。"这句话也让我吃惊。关于灰烬与灰,它们是不一样的,就像力气与力量,也不一样。在我的体验中,灰烬比灰更加彻底,也更能抵达一种路径。灰烬包含了更多情感化的东西。"让收藏多年的黑发变灰",当时我没有暗示是"灰发的舒拉密兹",这条线有点过于遥远了。

纪梅: 您在诗歌中多处吐露孤独和寂寞,以及通过写作对孤独的排遣,如"我不翩飞便有无尽的寂寞"。不过您也偶尔流露出对语言的怀疑:"事实是,我每天使用的语言/并不能消除我与它之间的障碍,/我像一个仆人,比他早起/小心翼翼地干活,/有时像抚摸金子一样抚摸它们/内心却有一种无法排遣的忧虑。""……你忍住/徒然颤动的嗓音。一个潜行者/最终无法对自己的命运说话。"(《雨夜的铜像》)"传记给不出一个完整的人生/望着苍穹,我无力的诗行给不出一把燃烧的火。"(《巫术》)那么,您是否认为诗歌足以表述您的全部经验?

池凌云: 人都有孤独的时刻,诗人可以写自己的孤独,不写作的人对孤独的体验就不被大多数人知晓了。我碰巧是能写下一部分孤独感受的一个。不过,我确实常常感到孤独……这是基于每一个人都有渴望生活得更好的权利的愿望。人生太短暂了,许多梦想都来不及实现,很多事来不及去做一些努力、做一些改变……对于写作来说,孤独是最好的伙伴,就像一个人身处旷野,思想就开始活动了。亨利·米肖每周定一天完全静默,不接电话,不见人,一句话也不说。好像还有另外的诗人也会以这样的方式让自己"向内"。很多人都是这样吧,在日常生活的时刻难免孤独,在写作的时候浑身踏实,阅读自己喜欢的书,读到有点难度的微妙之处,那种心领神会的愉悦,也是旁人无法体会的。

关于诗歌的抒写经验,我觉得除此以外还应该有另外的途径。诗歌肯定与经验有关,但一个人的经验是有限的,生活赋予一个人的经验和阅历是否就是一个写作者最终的天花板?我们不可能去制造一些跌宕的人生供我们去体验去写作,一个时代的大环境也无法改变。看俄罗斯白银时代的诗人,时代和命运是造就伟大诗人的重要因素。我们这个时代的诗人的体验也是足够多的,但除了已经发生的与正在发生的生活体验之诗,应该还有未来之诗,时间与拯救之诗。

我的诗歌还在途中,我写下的只是一部分感

受,肯定还无法表述生活的全部经验。另外一方面,我们的经验也在生长,一些事在不同的时期回想,也会有不同的感受。我们的许多经验还是遭到生活反驳的经验。勒内·夏尔说:"诗人是无数活人的容貌的收藏者。""诗是已经实现的愿望的爱,然而愿望仍然是愿望。"就此而言,我所经历的经验对于写作还远远不够,而且艺术形式的可能性很多。或许还有另外的途径,我觉得都值得试一试。

纪梅

2016年6月

后记

整理这本诗集的日子,每天都是晴空万里,傍晚时却云霞满天,宛若奇迹。

平淡的日子,有一些可爱的云彩也是美好的。

云朵、落叶、飞鸟,这些都是我喜欢写的事物。我一直改不了对这些小事物的偏爱。在路上,见到好看的落叶就想捡起来,但也仅仅是捡起来,我不会制作标本,也没有让它们保存得更久一点的办法。有时打开随身的小包,经常会翻出几片用白纸包着的落叶,如果碰巧被人看见,我会觉得尴尬。我总不能说我是个落叶收藏者。我喜欢落叶上的叶脉,向叶尖伸展的丰富的纹理。生命的奥秘,也蕴藏在这些小事物中。除了喜欢它们的样子,我还想记住一些树木的名字:香樟、栾树、银桦、木兰、深山含笑……这些小事物对于我,都是额外的赐予。我相信,它们与经过的事物都有一种微妙的关系。就像某一个经历了失眠的早晨,听听鸟鸣,感觉就好受一些。

这本集子收入了我近七年的作品(有少量早

期作品)。以《永恒之物的小与轻》作为书名,也是对不停献出的一切小事物的纪念。

愿它们永在。

池凌云

2020 年 8 月 31 日

图书在版编目(CIP)数据

永恒之物的小与轻 / 池凌云著. —上海:上海教育出版社,2021.11
(白鲸文丛)
ISBN 978-7-5720-1047-7

Ⅰ.①永… Ⅱ.①池… Ⅲ.①诗集-中国-当代 Ⅳ.①I227

中国版本图书馆CIP数据核字(2021)第21620号

责任编辑　曹婷婷　朱宇清
书籍设计　陆　弦

白鲸文丛
永恒之物的小与轻
池凌云　著

出版发行	上海教育出版社有限公司
官　　网	www.seph.com.cn
地　　址	上海市闵行区号景路159弄C座
邮　　编	201101
印　　刷	上海普顺印刷包装有限公司
开　　本	787×1092　1/32　印张 8.375　插页 4
字　　数	139千字
版　　次	2021年11月第1版
印　　次	2021年11月第1次印刷
书　　号	ISBN 978-7-5720-1047-7/I·0097
定　　价	59.80元

如发现质量问题,读者可向本社调换　电话:021-64373213